发智慧心
究竟圆满

——林清玄散文精选

林清玄◎著

国际文化出版公司
·北京·

图书在版编目（CIP）数据

发智慧心，究竟圆满 ／ 林清玄著 ． -- 北京 ：国际文化
出版公司，2018.4
ISBN 978-7-5125-1023-4

Ⅰ．①发… Ⅱ．①林… Ⅲ．①散文集－中国－当代
Ⅳ．① I267

中国版本图书馆 CIP 数据核字 (2017) 第 280540 号

本著作物经厦门墨客知识产权代理有限公司代理，由九歌出版
社有限公司授权国际文化出版公司，在中国大陆出版、发行简体字
版本。

发智慧心，究竟圆满

作 者	林清玄
责任编辑	赵 辉
特约监制	苏 辛 孙小天 午 歌
策划编辑	兰 青
封面设计	仙境设计
版式设计	仙境设计
出版发行	国际文化出版公司
经 销	国文润华文化传媒（北京）有限责任公司
印 刷	北京文昌阁彩色印刷有限责任公司
版 次	2018 年 4 月第 1 版
	2018 年 4 月第 1 次印刷
开 本	880 毫米 ×1230 毫米　　　32 开
	8.5 印张　　　172 千字
书 号	ISBN 978-7-5125-1023-4
定 价	45.00 元

国际文化出版公司
北京朝阳区东土城路乙 9 号　　　　　　　邮编：100013
总编室： (010) 64271551　　　　　　　传真： (010) 64271578
销售热线： (010) 64271187
传真： (010) 64271187-800
E-mail：icpc@95777.sina.net
http://www.sinoread.com

目 录

第一部分

低头看得破

　　低头是谦诚有礼，看得破是要看破眼耳鼻舌身意六根，是要看破色声香味触法六尘，以及参破六道轮回，勘破贪嗔痴慢疑邪见六大烦恼。甚至也要看破人生的短暂，人身的渺小。

木炭与沉香

外来的比较是我们心灵动荡不能自在的来源，也使得大部分的人都迷失了自我，障蔽了自己心灵原有的氤氲馨香。

有一位年老的富翁，非常担心他从小娇惯的儿子，虽然他有庞大财产，却害怕遗留给儿子反而带来祸害。他想，与其将财产留给孩子，还不如教他自己去奋斗。

他把儿子叫来，对儿子说了他如何白手成家，经过艰苦的考验才有今天。他的故事感动了这位从未走出远门的青年，激发了奋斗的勇气，于是他发愿：如果不找到宝物绝不返乡。

青年打造了一艘坚固的大船，在亲友的欢送中出海。他驾船渡过了险恶的风浪，经过无数的岛屿，最后在热带雨林中找到一种树木。这树木高达十余米，在一片大雨林中只有一两株，砍下这种树木，经过一年时间让外皮朽烂，留下木心沉黑的部分，会散发一种无比的香气，放在水中不像别的树木浮在水面而会沉到水底去。青年心想：这真是无比的宝物呀！

　　青年把香味无以比拟的树木运到市场出售，可是没有人来买他的树木，使他非常烦恼。偏偏在青年隔壁的摊位上有人在卖木炭，那小贩的木炭总是很快就卖光了。刚开始的时候青年还不为所动，日子一天天过去，终于使他的信心动摇，他想："既然木炭这么好卖，为什么我不把香树变成木炭来卖呢？"

　　第二天，他果然把香木烧成木炭，挑到市场，一天就卖光了。青年非常高兴自己能改变心意，得意地回家告诉他的老父。老父听了，忍不住落下泪来。

　　原来，青年烧成木炭的香木，正是这个世界上最珍贵的树木"沉香"，只要切下一块磨成粉屑，价值就超过了一车的木炭。

　　这是佛经里释迦牟尼说的一个故事，他告诉我们两个智慧：一是许多人手里有沉香，却不知它的珍贵，反而羡慕别人手中的木炭，最后竟丢弃了自己的珍宝。二是许多人虽知道希圣希贤是伟大的心愿，一开始也有成圣成贤的气概，但看到做凡夫俗子最容易、最不费功夫，最后他就出卖了自己尊贵的志愿，沦落成为凡夫俗子了。

　　人生的缺憾，最大的就是和别人比较，和高人比较使我们自卑；和俗人比较，使我们下流；和下人比较，使我们骄满。外来的比较是我们心灵动荡不能自在的来源，也使得大部分的人都迷失了自我，障蔽了自己心灵原有的氤氲馨香。

　　因此，佛陀说：一个人战胜一千个敌人一千次，远不及他战胜自己一次！

无辩

一个人能"律己"才能反观自照，一个人能"无辩"才能放下自在，这是生活在现代社会多么必要的智慧！

弘一法师是近代持戒律极为深严的高僧，也是宋朝以还七百年间弘律最重要的一位大师。

近读倓虚老师的《影尘回忆录》，读到弘一大师在湛山寺读戒律的情景，他第一天给学生开启，就说学律的人先要律己，不要拿戒律律人，天天只见人家不对，不见自己不对，是绝对错误的。

他又说，"息谤"之法，在于"无辩"，越辩谤越深，倒不如不辩为好。譬如一张白纸，忽然滴上墨水，如果不去动它，它不会再往四周溅污，假若立时要它干净，马上去揩拭，结果污染一大片。

弘一大师律己，不但口里不臧否人物，不说人是非短长，就是他学生有犯戒做错，他唯一的方法就是"律己"不吃饭，不吃饭并不是存心给人怄气，而是替那做错事的人忏悔，恨自己的德行不能感化他，一次两次，一天两天，几时等你把错改正了，他才吃饭，末了你的错处，让你自己去说，他一句也不开口。

他的理由是，不以戒律"律己"，而去"律人"，这就失去了戒律的意义了。

读到这一段记述，真是令人欢喜赞叹，这种精神与情操实在不是平常人能够，但这种精神是值得学习的。

生活在现代的人，人际关系之复杂已到了古人难以想象的地步，人与人之间的攀缘、纠缠、相互依赖也已到了顶点。复杂的人际关系，难免使我们对别人生出一些评判、怨气、不满等等，我们容易去要求别人如何如何，却很少想到自己应该怎样怎样，不要说罚自己不吃饭，最好是别人都不吃饭，整碗由我来吃，恨不得天下人得的都是蝇头，只有我得的是大利。

除此之外，现代人的议论太多，争端与智慧成反比，终日讲一百句话，九十九句都是废话。最近有两位居住在美国的大学教授，听说还是数十年好友，为了芝麻绿豆的小事，互相在报纸上贴"大字报"，搞得双方身败名裂。在我们眼中看来，都是连篇废话，无益世道人心。

可见，律己极难，受谤而无辩更难，现代人律人不律己，因此活得满心怨气；每谤必争，所以活得非常纷乱。但是我们应该知道，要亲君子，只有律己；要远小人，只有无辩。

这个道理佛陀早就说过了，佛陀将涅槃的时候，弟子阿难问了最后四个问题，其中一个是："师父死后，应以何为师？"

"以戒为师。"佛陀说。

另一个问题是："应以何为法？"

"默摈。"佛陀说。

"以戒为师"是要自己来戒，不是要别人来戒。"默摈"就是"默默地摈弃"，自己应离群沉默地修净行，对一切的外缘与争端，摈弃它！

一个人能"律己"才能反观自照，一个人能"无辩"才能放下自在，这是生活在现代社会多么必要的智慧！

天马的故乡

　　想象力如果是天马，天马总要有个来处的，总要有一处天马的故乡；或者说，这天马在飞行动荡的途中，总有落下歇息的时候。

日本佛教史上，有一位伟大的真观禅师。

　　真观禅师到中国学佛，他先研习天台宗教义六年，再研习禅学七年，后来又在中国名山参学了十二年，总共在中国"留学"二十几年。他返回日本后，在京都、奈良传扬禅法，一时，禅学大兴。

　　有一天，一位研究天台教义三十余年的道文法师，慕名来向真观禅师求教。他很诚恳地问道："我自幼研习天台法华思想，有一个问题始终不能了解。"

　　真观禅师说："天台法华的思想博大精深，圆融无碍，应该有很多问题，你只有一个问题不能了解，可见有很好的修持。你不能了解的到底是什么问题呢？"

道文法师问道："法华经上说'有情无情，同圆种智'，意思是树木花草皆能成佛，请问：花草树木真有可能成佛吗？"

真观听了，不但没有回答道文的问题，反问说："三十年来，你挂念着花草树木能不能成佛，对你自己有什么益处呢？你应该关心的是你自己如何成佛才对呀！"

听了真观禅师的话，道文法师感到非常吃惊，说："我从来没有想过这个问题，那么，请问：'我自己要如何成佛呢？'"

真观禅师说："你说只有一个问题问我，这第二个问题就要靠你自己去解决了。"

我从前读到这个故事，深受感动，它表达了禅的一个重要精神，就是要从自我开始，不要把自己纠缠进一些旁枝末节里面。星云大师有一次谈到这个故事，曾下了这样的结论："花草树木能不能成佛？这不是一个重要问题，因为大地山河，花草树木，一切宇宙万物，都是从我们自性中流出，只要我们成佛，当然一切草木都跟着成佛，不探讨根本，只寻枝末，怎能进入禅道？"

但是，当一个禅者回到真实自我的时候，花草树木是在哪里呢？这是法华精神，就是一地即是种种山川草木，而不是除去山川草木还别有一地，那么，山川草木不都是我们自性法身的流露，不也是成就我们的一部分吗？

在无明的冰火中

所以修习禅法的人，固然要从自性开始，回到真实本来的面目，可是在外在的对应上，却必须知道连花草树木都是不可轻慢、不可任意摧折的，如果我们在面对外在事物的时候不能有敬重包容的心，不能把它放进自我心量的一部分，那我们就难以理解"有情无情，同圆种智"的真谛了。

山川草木还不是很难对应的，最难对应的是我们四散飘飞的心念。我们常说想象力如天马行空，是难以驾驭的，其实，从无明升起的妄念也是想象力的一部分，如同天马一样飘忽来去，不要说驾驭了，有时我们一点都不知道它升起的地方，当然也不能控制它飞往的所在了。

想象力如果是天马，天马总要有个来处的，总要有一处天马的故乡；或者说，这天马在飞行动荡的途中，总有落下歇息的时候。对禅者来说，那天马的故乡，那天马偶尔息足，正是进入禅定的第一步，所以佛经里才说："多知多识，不如息念。"息念也等于系住了那匹没有一定方向飞行的天马。

不过，有一些禅者，因此认为人的想象力、意识、妄念是无意义的，这反而使他们的禅失去了活泼有力的生机，而成为枯木寒岩一派了。想象力乃至妄念这样的东西，固然是禅者的干扰，何尝不是禅者最好的锻炼呢？

佛经里不是有一位"罔明菩萨"吗？罔明就是无明，无明是想象、意识、妄念的来处，也正是意念天马的故乡，连无明都成就了大菩萨，我们如何敢轻视无明呢？无明从何处来？《中阿含经》说："人以爱为食，爱以无明为食，无明以五盖为食，乃至不信以闻恶法为食，譬如大海以大河为食，大河以小河为食，乃至溪涧平泽以雨为食。"也就是由于听到恶法而不能信正法，不能信正法就生出贪、嗔、痴、慢、疑五种盖障，因为五盖而生出无明，由于无明才生爱欲，有了爱欲才有了人。

如果一个人没有无明就不会投生为人了，因此我们不能轻视无明。

《止观辅行》里说："为迷冰者，指水为冰。为迷水者，指冰为水。如迷法性即指无明。如迷无明即指法性。若失此意，俱迷二法。故知世人非但不识即无明之法性，亦乃不识即法性之无明。"这是多么晶莹剔透的见解，法性与无明本来就是一体，就像冰与水一样，无明的冰就是法性的水呀！无明一转，就是般若；烦恼一转，即成智慧；迷执一回身，就是觉悟了。这正是六祖慧能说的："一念迷，即是众生；一念觉，即是佛。"

修行人对待自我的无明，并不是斩断无明，而是在无明的冰火中，冶炼出般若慧水；同样地，修行人在对待山川草木时，是不轻贱一片地、一根草、一朵花、一棵树，那是因为大地无不是法界，法界中无不是我们自性的流露，而且即使是小草上的一滴露水，无不是饱孕着般若的，只看我们有没有明净的心地去观照罢了。曾经有人问牛头慧忠禅师说："哪个是佛心？"他说："墙壁瓦砾是。"又有人问他说："你说无情也有佛性，那么有情又怎么说？"

他说："无情尚尔，况有情耶？"

在禅宗里，类似这样的说法很多，有一个有名的公案，可以使我们更清楚这种说法的题旨。

一阐提人，皆有佛性

晋朝的大禅师竺道生，他曾向当时最伟大的译师鸠摩罗什修学佛法，他常说："一阐提人，皆得成佛。"当时《大涅槃经》尚未流传于中土，大家听到了这种说法都非常惊惧，认为非佛所说，是背离了佛道的。

因为，"一阐提人"依照《楞伽经》的说法是："一阐提有二种，一者舍一切善根。及于无始众生发愿。"意思是阐提分为两种，一种是断善阐提，就是起大邪见而断一切善根的人。二种是大悲阐提，是指有大悲心的菩萨，发愿要度尽一切众生才成佛，由于众生没有度尽的时候，自己也就成佛无期。理论上，充满邪见的人、毫无善根的人，成佛当然无望；而那些要度尽众生才成佛的菩萨，由于他们自许的诺言，成佛也是遥不可及的事了。

可是竺道生竟敢说他们都能成佛，很自然引起了众人的疑虑，甚至都摈弃他的说法，但他仍坚持这个看法，还发下誓言："若我所说，反于经义者，请于现身即表厉疾，若于实相不相违背者，愿舍寿时据师子座。"（如果我说的话有违反经义，现在就让我得重病，如果我说的法不违背实相，但愿我死时是坐在师子座上说法，安然而逝。）说完，他拂袖而去。

竺道生后来进入平江虎丘山，搬了一堆石头竖起来做听众，他就为那些石头讲经，讲到"阐提悉有佛性"的时候，他问那些石头说："如我所说，契佛心否？"听讲的石头全部点头。这个景象被路过的人看见了，传说"道生说法，顽石点头"，大家又认为他有道，十天之内来跟随他的学徒有数百人，后来他到庐山去，徒众更多。

不久之后，昙无谶在北凉译出了《大涅槃经》的后品，传到南京，里面果然说到"阐提悉有佛性"，和竺道生最早的说法相同，才证明这是佛陀曾说的话。

竺道生拿到《大涅槃经》时非常高兴，立即升座说法，当整部经快说完的时候，他手上拂尘的毛纷然坠下，端坐正容而圆寂了，死时颜貌不变，好像进入定境一般。

以无心来通达佛法

这实在是一个非常动人的故事，竺道生坚持一阐提人都有佛性、都能成佛，正是肯定了邪见、无明、断了善根的人，也可以因正面的对待而得到成就，我们回想起来，他当时要说出这样的话，不知道需要多么大无畏的勇气！

竺道生的故事还有一个有趣的部分，就是他说法时顽石为之点头，一般解禅的人都把这看成是竺道生的神通，我的看法不同。我认为竺道生在说法时进入了无分别心的境界，顽石成为他自性的一部分，他是以无心来通达佛法，无心的顽石也成为他通达的一部分，乃至成为他的众生，那么点头不是很自然的事吗？只是旁边看的人对石头有分别，才以为那是神通罢了。

可能有人会认为山川草木是自性心水的流露，无明与法性一体的说法还是太玄了，那么我们回到现实世界来看一个例子。

我从前听过一些西方、日本打击乐团的演奏，这些乐团非常前卫，他们不使用任何传统的乐器来演奏音乐，用的都是破铜、烂铁、脸盆、木棒、石块、瓦砾等现代社会公认的废物，但当他们用棒子打击废物时，竟生出了非常优美的音乐，在演奏会现场，使人不敢相信自己的耳朵。

如果把这些音乐录下来，从录音机中放出，几乎没有人能听出，原来那些都是废物所发出的美妙音声。那么，瓦砾中有微妙的音乐是可能的，瓦砾中有无上法又有什么不能呢？

美术史上的波普艺术、达达主义，不也是从废物堆里发展出来的吗？甚至现在最风行的朋克艺术、新表现主义，不都是从垃圾堆里找到的灵感吗？

有音乐的人，心中遍满音声，可以从任何材料发出，不一定要用非凡的乐器。

有美感的人，心里流动颜色，可以从任何材料发出，不一定要用最昂贵的颜料。

因此，有佛法的人，到处都是佛法，可以在任何时间任何地点，都流露自性的芳香，不一定要在庄严的道场，不一定要正襟危坐才有佛法呀！

回到自心的明净

从前有人问黄檗希运禅师："如何得不落阶梯？"

他说："终日吃饭，未曾咬着一粒米；终日行，未曾踏着一片地。与么时，无人我等相。终日不离一切事，不被诸境惑，方名自在人。"

他不是叫人不要吃饭、不要走路、不要与人相处、不要做事，而只是叫人不要被境所惑而已。事实上，我们吃的米、我们走的路、我们行的事、我们会面的人，都只是一个缘起，端看我们如何去对待罢了！

写到这里，才发现我这篇文章正是天马行空一般，仿佛没有凑泊之处，但天马不是没有故乡，天马的故乡是回到自心的明净，开启自性的般若。

僧稠禅师和弟子的几段对话，可以帮助我们的天马，回到故乡。

问："大乘安心，入道之法云何？"

答："欲修大乘之道，先当安心。凡安心之法，一切不安，名真安心。言安心者，顿止诸缘，妄想永息；放舍身心，虚豁其怀；不缘而照，起作恒寂。种种动静音声，莫嫌为妨。何以然者？一切外缘，各无定相。是非生灭，一由自心。若能无心，于法即无障碍，无缚无解。自体无缚，名为解脱……"

问："何云名禅？"

答："禅者定也，由坐得定，故名为禅。"

问："禅名定者，心定身定？"

答："结跏身定，摄心心定。"

问："心无形状，云何看摄？"

答："如风无形，动则即知。心亦无形，缘物即知。摄心无缘，即名为定。"

天马的故乡是什么？

禅定两字而已！

只有禅定的人，才能具足戒体，系缚住妄念的天马，也只有禅定的人，才能生起般若智慧，使天马有广大而良好的方向。成佛的道路，是在戒定慧中孕育福慧的资粮，以便可以行走漫漫长路，绝对不是要一刀砍死想象的、妄念的，乃至无明的天马！因为，天马一死，哪里才是故乡呢？

弹性的生命

桶底脱时大地阔，

命根断处碧潭清；

好将一点红炉雪，

散作人间照夜灯。

——大慧宗杲禅师

　　最近读到一册《五百罗汉》的白描图鉴，非常受感动，那五百个罗汉形貌各自不同，但都是目光炯炯、精神奕奕，让我们感受到罗汉有一种生命的弹性与厚度。

　　漫画家蔡志忠现在也在做五百罗汉的创作，已经画出来的几十幅都保有罗汉的弹性生命的特质。记得蔡志忠曾画过两册禅的漫画，一本是《禅说》，一本是《曹溪的佛唱》，里面的祖师形貌也画得很好，每一位都非常生动而有幽默感。

　　我在读这些图册时，常常会感慨现代人的弹性生命似乎比从

前削弱得多了，表面上看来，我们比"原始的人"拥有更多的东西，至少像汽车、电视、音响、电脑、电话、传真机等等都是从前的人不会有的，而古代的人也不会像我们有满橱子的衣服和满柜子的鞋子（除非是皇亲贵族）。

如果把我们所拥有的事物都看成是我的一部分，身心的部分称为"内在的自我"，身心之外的一切衣食住行称为"外部的自我"，外部的自我都是因于内在的欲望而呈现的，我们可以这样说，一个人的外部自我越强化，负担就越重，生命的弹性也就越小，这种因为外部自我而淹没内在自我的情况，在佛教里有一个比喻，就是"如蛇吞其尾"：一条蛇吞下它的尾巴，就会形成一个圆圈，蛇越是吞咽自己的尾巴，圆圈便越缩小，后来变成一个小点，最后就完全消失了。蛇愈努力吞咽自己的尾巴，死亡就愈是快速。

这个譬喻里的死亡，指的是"完整自我的死亡"。在现代社会，外部自我的扩张常使我们误以为外部的自我才是重要的，反而失去对内在自我的体验与观察。

例如，许多人去征服玉山、大霸尖山、喜马拉雅山，却很少人有攀登自己内心高峰的经验。

例如，许多人足迹踏遍全世界，却很少人做内在的冥想的旅行。

例如，许多人每天要看报、读书、听广播、看电视，却很少人听见自己内在的声音。

有了更多的外部自我，使人有世俗化的倾向，也变成外面愈鲜彩艳丽，内在更麻木不仁；外面愈喧腾热闹，内在更空虚寂寞；

认识的人愈来愈多，情感却愈来愈冷漠……人到后来几乎是公式化地活在世上，失去了天生的感受，失去了生命的弹性。

日本禅学者阿部正雄曾评述这种现象说："我们现代人正在失去尽情欢乐或尽情悲哀的能力，现代人在生命深处，既不会哭，也不会笑。相反地，原始人或古代人尽管对自然界、社会和历史进程的知识所知有限，也无法摆脱与生俱来的根本忧虑，我却感到他对他在宇宙中的存在有着全面而完整的理解。他对自己的灵魂有着真诚和敏锐的感受。因此，他可以更真诚地感受到喜怒哀乐。现在，伴随高度发展的科学技术，并受制于复杂的政治经济体制，人已经变得支离破碎。"

想想也对，我们每天起床，一部分时间交给工作，一部分时间交给电脑，一部分时间交给电视和报纸……我们还有什么完整的时间呢？

时间就是生命的元素，时间里没有弹性，生命的弹性自然受到压抑，甚至会失去了。我们如果要回复生命的弹性，就要减少"外部自我"的负荷，放下许多不必要的欲望，那就像蛇把尾巴吐出来一样，等到尾巴完全吐出来，蛇就自由了。

外在自我一旦减到最轻，内在自我就得到革新、澄净，而显露了，仿佛是云彩散后，雪霁初晴的天空一样。

看到蔚蓝天空的无染，第一步要做的就是，把外部自我的云彩一朵一朵地清扫干净呀！

盆与水的智慧

我们的生命与时间，它流失的速度是快过涌流的水喉，那洗涤脸容的清晨，虽说是预示了今天的开始，何尝不也象征昨夜已彻底地流逝了呢？

每天清晨，我们走进浴室洗脸，面对着脸盆，以及流注到盆中的清水，究竟带给我们什么样的沉思呢？

扭开水龙头的一刻时常带给我一些震动，那些哗啦哗啦的水喷涌而出，有时会给我们生命与时间的联想。我们的生命与时间，它流失的速度是快过涌流的水喉，那洗涤脸容的清晨，虽说是预示了今天的开始，何尝不也象征昨夜已彻底地流逝了呢？想到这里不免令人怵然而惊。

但也不全然是那么可怕的，当我们看到那洁净没有一丝污染的清水，用来鉴照我们、清洗我们，有时这种清洗与鉴照不只是脸容，也是心灵的。我们清洗后把水放掉，走出室外迎接晨光，那时候就感觉有一个非常明净的自我，要来迎接一个新的太阳、新的光明。

水，或者盆子，都只是相对的东西。澄净的水用来洗脸，混浊的水用来洗足，污脏的水则可以用来灌溉和施肥。当然，清水与污水是有分别的，可是只要会用，都是有用的。

盆也是如此，装水的盆子有许许多多的用处，它可以承受明净的水，也可以包容污秽的水；它可以盛满鲜花，也可以装满粪水；它可以盛芳醇的蜜，也可以放醉人的酒。盆的本身是没有分别的，分别的只是它装的东西罢了。

是不是有时我们也觉得自己是盆，在一个环境、社会之中流转，因为外在的事物不断改变自己，不断地随外境流转呢？

是不是有时我们也觉得自己是盆，每天空空地走出房门，到入夜的时候装满了许多东西，等待清晨的清洗，然后再出去盛满事物呢？

关于水与盆子，在佛经中有许多智慧的启示，流动的无相的清净的水，常被用来象征自性与法身；可以盛物的盆子，则常被用来形容一个人的身口意。也就是说，佛教的修持是在使我们的自性能开启出清净如水的面貌，这就是"自性心水"；同时，也是在使我们的身口意透过清净的选择，成为聚宝的盆子，而不要成为什么都装的毫无拣择的盆。

那么，我们来看佛经里，如何用水与盆子来做譬喻吧！

护住一口，不堕三途

佛陀有一个独子，名字叫作罗云（也有经典译成罗睺罗），罗云在还没有出家之前，心性就非常粗犷，说话很少诚实和信用。后来，他跟随佛陀成为佛的弟子，习性并没有改变，仍然喜欢讲妄语，使佛陀非常忧心。

为了改掉罗云的习性，有一天，佛陀叫罗云到贤提精舍去住一段时间，并嘱咐他应该守口摄意，勤修经典和戒律。罗云也知道佛陀叫他改除坏习惯的苦心，自己感到惭愧和悔恨，于是到贤提精舍去守口摄心，努力修行。

过了九十天以后，佛陀到精舍去看罗云，罗云看到佛陀来了，非常欢喜，为佛陀准备衣服卧具，请佛陀坐在床沿。佛陀对罗云说："你去拿一个澡盆，来为我洗足吧！"罗云受教，就装了一盆水，为佛洗足。

洗完脚，佛对罗云说："你看见了澡盆中的洗脚水没有？"

罗云说："看见了。"

佛说："这水可以用来饮用、洗脸，或漱口吗？"

罗云说："这水不能再用了，因为这水本来是清净的，但现在洗过脚，受尘垢所染，所以不能再用了。"

佛说："你也是这样子，你虽是我的儿子，是国王的孙子，但你既然舍弃世间的荣华富贵，成为出家的沙门，如果你不精进修行，摄身守口，而让贪嗔痴三毒的污秽充满你的胸怀，也就像这脏水一样，不能做清净的用途。"说完，佛陀叫罗云把水倒掉，罗云就倒掉了水。

佛陀接着说："现在澡盆虽然空了，还可以用来盛饮食吗？"

罗云说："不能用，因为它有澡盆之名，又曾经盛过不净的东西。"

佛说："你也像这样，虽然身为沙门，口里不讲诚信，心性又刚强不念精进，恶名在外，这就像澡盆一样，不能再拿来盛清净的食物。"说完，佛用脚指拨动那个澡盆，澡盆随着轮转而走，旋转跳坠了好几下才停止。

佛说："你爱惜这澡盆，害怕它打破吗？"

罗云说："这是洗脚的器皿，又是贱价的东西，我不会很爱惜它。"

佛说："你也像这澡盆，虽然身为沙门，不摄住身口，常讲粗话恶言中伤别人，大众不会敬爱你，有智慧的人也不会疼惜你，当你身死神去，轮转到三恶道里，自生自死、苦恼无边无际，诸佛菩萨都不会顾念爱惜你，就像你不爱惜污秽贱价的澡盆呀！"

罗云听了佛的教化，感到十分惭愧畏怖。

佛就对罗云说了一个故事，他说："从前有一个国王养了一头大象，那大象勇猛而善于作战，它的力气甚至胜过五百只普通的大象。国王有一天想兴兵作战，希望这头象也能加入战争，于是给象披上盔甲，叫一位驯象的兵士来训练它。象士用两只长矛绑在它的象牙上，又用两只剑绑在它耳朵上，以曲刃刀绑在象的四只脚上，还在它的尾巴上绑了一支铁挝。总共在大象身上绑了九件厉害的兵器。训练打仗的时候，大象什么兵器都用上，只是护住自己的鼻子，驯象的兵士知道象会爱惜自己的生命，感到十分欢喜，为什么呢？因为象鼻子很软弱，一中箭就会死。但是驯象的兵士和象斗久了以后，大象竟伸出自己的鼻子，希望能在软弱的鼻子上也绑上一支箭来战斗，象士不肯给它。国王和群臣看到大象竟不惜生命，用最软弱的地方拿箭，感到非常疼惜，因此就停止了让它出战的念头。"

佛陀于是语重心长地告诫罗云："人犯了九种恶事（①两舌闻法乱他；②闻法心不能领会；③悭贪独食；④恶食饲人；⑤劫夺人物；⑥喜盗人物；⑦喜妄语传人恶；⑧喜醉酒；⑨执法罔下诬判），只要护住一张口就能像大象护鼻不斗一样，象护鼻子是怕中箭而死，人护住一张口，是害怕堕入三恶道，受地狱的苦痛。不护口的人，就是十恶全犯尽了，就如同那头大象，最后不怕中箭伸出鼻子作战一样，一定会丧失身命。一个人十恶尽犯，不只会坠入三恶道，还会受无穷的痛苦。如果能修行十善，摄住口、身、意，众恶不犯，便可以得道，永离三恶道之苦，不受生死的大患了。"

罗云听了佛的恳切教诲，决心向上，刻骨不忘，终于能精进柔和，如大地一样忍辱，心识寂静清净，得到了阿罗汉的果位。

永远保持盆水清净

这是《法句譬喻经》里的一个故事，我们可以看到，佛陀用多么精辟的比喻来教每自己的独子，尤其是脸盆与水说出了一个人的口是多么重要。

从身、口、意三者来说，最能令人受伤，而令自己不得清净的往往是口，守护自己的口乃成为一个修行者最重要的功课，一直到现在，佛寺里都常有"止静""禁语"的功课，是在摄住我们的口，只有当一个人摄住口舌，才能反观自照，否则终日嚣嚣，就是宣泄于外，内无所得了。

在另一部佛经里，佛陀又用了一次很好的关于盆的譬喻。

有一天，有一个叫作伤歌逻的婆罗门，他到舍卫城郊外祇陀林精舍来访问佛陀。

他对佛陀说："世尊！我有一个问题搞不清自己是怎么回事，有时候，我自觉格外爽快，对学过的东西讲得非常称心，连对没学过的东西也能滔滔不绝地辩论。但是，有时候我感到非常昏迷，连平常学的东西也完全想不起来，这到底是怎么一回事呢？"

佛陀就对伤歌逻开示道："婆罗门！假如这里有一个盛水的容器，这盆水染有红色或青色，就不能反映出一个人原来的脸色。同样地，人的心如果被贪欲所熏，则由于居心不净，任何事物都不能反映出它的实相。

"假如这盆水被火烧开而沸腾，还能映出脸的原貌吗？同样地，人如果被怒火焚身，则不能洞察实态。

"假如这盆水浮着水苔、塞满水草，还能映出脸的外形吗？同样地，人心被愚昧或疑惑所蒙蔽，就不能看出实态。"

佛陀于是做了这样的结论："婆罗门！相反地，如果这盆水清净而不污，静止而不沸腾，空明而不塞水苔、水草，那么不论在何时何地都可以反出物体的实态。同理，人心不为贪欲所烦恼，不为嗔怒所激动，不为愚痴所障蔽，不管是何时何地遇到任何事物都能得到正见呀！"

佛陀对伤歌逻做了盆与水的开示，这时盆不只是口的象征，也是心与意念的象征，要使心盆清净，主要的是熄灭心中的贪嗔痴，也才能对事物有真实的观察，进而把握到事物的本体。

我们一般人都常有伤歌逻同样的问题，不能保持心念如一的情态，时而清晰，时而昏沉，那是因为盆中所盛的水不清净的缘故。当然，口的辩才无碍或口齿结舌，仍然是因心而起，所以护口很重要，但护心更重要。

如果打破宝盆

心、口都以盆作为象征，身自然也是盆的象征，佛经里常常把一个人的身体称为"宝瓶""宝盆"，那是指人的自性、法性、佛性都是不离身体。身体内自有宝物，修行的人无非是从眼、耳、鼻、舌、身、意六根入手，进入法的世界，这就是禅宗大德时常说的"借假修真"。

我们的宝盆宝瓶虽不是什么尊贵的东西，但因为要承住自性佛宝，它就显得无比重要，我们想想，宝盆宝瓶打破了，内中的宝物就流散了，所以，即使只是一个器皿，也是非凡的。

在《大方广宝箧经》里，文殊师利菩萨就对须菩提说："譬如陶家，以一种泥，造种种器。一火所熟，或作油器、苏器、蜜品，或盛不净。然是泥性，无有差别；火然亦尔，无有差别。如是如是，大德须菩提！于一法性一如一实际，随其业行，器有差别，苏油器者，喻声闻缘觉；彼蜜器者，喻诸菩萨；不净器，喻小凡夫。"

我们都是由同一种泥、同一种火所烧成的，只是选择了不同的东西来盛着，随着我们所造的业行，使那原来没有差别的器皿，竟产生了很大的不同。身体不也是一个器皿，一个陶盆吗？我们，到底要用自己身、口、意的盆子盛一些什么样的东西呢？每天清晨与夜里面对水盆的时候，这样想想，每天就会有一些新的启示了。

佛鼓

　　那钟声有一种感觉，像是一条飘满了落叶尘埃的山径，突然被钟声清扫，使人有勇气有精神爬到更高的地方，去看更远的风景。

　　住在佛寺里，为了看师父早课的仪礼，清晨四点就醒来了。走出屋外，月仍在中天，但在山边极远极远的天空，有一些早起的晨曦正在云的背后，使灰云有了一种透明的趣味，灰色的内部也仿佛早就织好了金橙色的衬里，好像一翻身就要金光万道了。

　　鸟还没有全醒，只偶尔传来几声低哑的短啾，听起来像是它们在春天的树梢夜眠有梦，为梦所惊，短短地叫了一声，翻个身，又睡去了。

　　最最鲜明的是醒在树上的一大簇一大簇的凤凰花。这是南台湾的五月，凤凰花的美丽到了顶峰，似乎有人开了染坊，就那样把整座山染红了，即使在灰蒙的清晨的寂静里，凤凰花的色泽也是非常雄辩的。它不是纯红，但比纯红更明亮，也不是橙色，却比橙色更艳丽。比起沉默站立的菩提树，在宁静中的凤凰花是吵闹的，好像在山上开了花市。

说菩提树沉默也不尽然。经过了寒冷的冬季，菩提树的叶子已经落尽，仅剩下一株株枯枝守候春天，在冥暗中看那些枯枝，格外有一种坚强不屈的姿势，有一些生发得早的，则从头到脚怒放着嫩芽，翠绿、透明、光滑、纯净，桃形叶片上的脉络在黑夜的凝视中，片片了了分明。我想到，这样平凡单纯的树竟是佛陀当年成道的地方，自己就在沉默的树与精进的芽中深深地感动着。

这时，在寺庙的角落中响动了木板的啪啪声，那是醒板，庄严、沉重地唤醒寺中的师父。醒板的声音其实是极轻极轻的，一般凡夫在沉睡的时候不可能听见，但出家人身心清净，不要说是醒板，怕是一根树枝落地也是历历可闻的吧！

醒板拍过，天空逐渐有了清明的颜色，燕子的声音开始多起来，像也是被醒板叫醒，准备着一起做早课了。

然后钟声响了。

佛寺里的钟声悠远绵长，犹如可以穿山越岭一般。它深深地渗入人心，带来一种警醒与沉静的力量。钟声敲了几下，我算到一半就糊涂了，只知道它先是沉重缓慢的咚嗡咚嗡咚嗡之声，接着是一段较快的节奏，嗡声灭去，仅剩咚咚的急响，最后又回到了明亮轻柔的钟声，在山中余韵袅袅。

听着这佛钟，想起朋友送我一卷见如法师唱念的《叩钟偈》。那钟的节奏是单纯缓慢的，但我第一次在静夜里听叩钟偈，险险落下泪来，人好像被甘露遍洒，初闻天籁，想到人间能有几回听这样美的音声，如何不为之动容呢？

晨钟自与叩钟偈不同。后来有师父告诉我，晨昏的大钟共敲一百零八下，因为一百零八下正是一岁的意思。一年有十二个月，有二十四个节气，有七十二候，加起来正合一百零八，就是要人岁岁年年日日时时都要警醒如钟。但是另一个法师说一百零八是在断一百零八种烦恼，钟声有它不可思议的力量。到底何者为是，我也不能明白，只知道听那钟声有一种感觉，像是一条飘满了落叶尘埃的山径，突然被钟声清扫，使人有勇气有精神爬到更高的地方，去看更远的风景。

钟声还在空气中震荡的时候，鼓响起来了。这时我正好走到"大悲殿"的前面，看到逐渐光明的鼓楼里站着一位比丘尼，身材并不高大，与她面前的鼓几乎不成比例，但她所击的鼓竟完整地包围了我的思维，甚至包围了整个空间。她细致的手掌，紧握鼓槌，充满了自信，鼓槌在鼓上飞舞游走，姿势极为优美，或缓或急，或如迅雷，或如飙风……

我站在通往大悲殿的台阶上看那小小的身影击鼓，不禁痴了。那鼓，密时如雨，不能穿指；缓时如波涛，汹涌不绝；猛时若海啸，标高数丈；轻时若微风，抚面轻柔；它急切的时候，好像声声唤着迷路归家的母亲的喊声；它优雅的时候，自在得一如天空飘过的澄明的云，可以飞到世界最远的地方……那是人间的鼓声，但好像不是人间，是来自天上或来自地心，或者来自更邈远之处。

鼓声歇止有一会儿，我才从沉醉的地方被叫醒。这时《维摩经》的一段经文突然闪照着我，文殊师利菩萨问维摩诘居士："何等是菩萨入不二法门？"当场的五千个菩萨都寂静等待维摩诘的回答，维摩诘怎么回答呢？他默然不发一语，过了一会儿，文殊师利菩萨赞叹地说："善哉，善哉！乃至无有文字、语言，是真入不二法门。"

后来有法师说起维摩诘的这一次沉默，忍不住赞叹地说："维摩诘的一默，有如响雷。"诚然，当我听完佛鼓的那一段沉默里，几乎体会到了维摩诘沉默一如响雷的境界了。

往昔在台北听到日本"神鼓童"的表演时，我以为人间的鼓无有过于此者，真是神鼓！直到听闻佛鼓，才知道有更高的境界。神鼓童是好，但气喘咻咻，不比佛鼓的气定神闲；神鼓童是苦练出来的，表达了人力的高峰，佛鼓则好像本来就在那里，打鼓的比丘尼不是明星，只是单纯的行者；神鼓童是艺术，为表演而鼓，佛鼓是降伏魔邪，渡人出生死海，减少一切恶道之苦，为悲智行愿而鼓，因此妙响云集，不可思议。

最最重要的是，神鼓童讲境界，既讲境界就有个限度；佛是不讲境界的，因而佛鼓无边，不只醒人于迷，连鬼神也为之动容。

佛鼓敲完，早课才正式开始，我坐下来在台阶上，听着大悲殿里的经声，静静地注视那面大鼓，静静地，只是静静地注视那面鼓，刚刚响过的鼓声又如潮汹涌而来。

殿里的燕子也如潮地在面前穿梭细语，配着那鼓声。

大悲殿的燕子

我说如潮，是形影不断、音声不断的意思。大悲殿一路下来到女子佛学院的走廊、教室，密密麻麻的全是燕子的窝巢，每走一步抬头，就有一两个燕窝，有一些甚至完全包住了天花板上的吊灯，包到开灯而不见光。但是出家人慈悲为怀，全宝爱着燕子，在生命面前，灯算什么呢？

我仔细地看那燕窝，发现燕窝是泥塑的长形居所，它隆起的形状，很像旧时乡居土鼠的地穴，看起来是相当牢靠的。每一个燕窝住了不少燕子，你看到一个头钻出来，一剪翅，一只燕子飞远了，接着另一只钻出头来，一个窝总住着六七只燕，是不小的家庭了。

几乎是在佛鼓敲的同时，燕子开始倾巢而出。于是天空上同时有了一两百只燕子在啁啾，穿梭如网，那一大群燕子，玄黑色的背，乳白色的腹，剪刀一样的翅膀和尾羽，在早晨刚亮的天空下有一种非凡的美丽。也有一部分熟练地从大悲殿的窗户里飞进飞出地戏耍，于是在庄严的诵经声中，有一两句是轻嫩的燕子的呢喃，显得格外地活泼起来。

燕子回巢时也是一奇，俯冲进入屋檐时并未减缓速度，几乎是在窝前紧急煞车，然后精准地钻进窝里，看起来饶有兴味。

大悲殿里燕子的数目，或者燕子的年龄，师父也并不知。有一位师父说得好，她说："你不问，我还以为它们一直是住这里的，好像也不曾把它们当燕子，而是当成邻居。你不要小看了这些燕子，它们都会听经的，每天早晚课，燕子总是准时地飞出来，天空全是燕子。平常，就稀稀疏疏了。"

　　至于如何集结这样多的燕子，师父都说，佛寺的庄严清净慈悲喜舍是有情生命全能感知的。这是人间最安全之地，所以大悲殿里还有不知哪里跑来的狗，经常蹲踞在殿前，殿侧的大湖开满红白莲花，湖中有不可数的游鱼，据说听到经声时会浮到水面来。

　　过去深山丛林寺院，时常发生老虎、狐狸伏在殿下听经的事。听说过一个动人的故事，有一回一个法师诵经，七八只老虎跑来听，听到一半有一只打瞌睡，法师走过去拍拍它的脸颊说："听经的时候不要睡着了。"

　　我们无缘见老虎闻法，但有缘看到燕子礼佛、游鱼出听，不是一样动人的吗？

　　众生如此，人何不能时时警醒？

木鱼之眼

　　谈到警醒，在大雄宝殿、大智殿、大悲殿都有巨大的木鱼，摆在佛案的左侧，它巨大厚重，一人不能举动，诵经时木鱼声穿插其间。我常觉得在法器里，木鱼是比较沉着的，单调的，不像钟鼓磬钹的声音那样清明动人，但为什么木鱼那么重要？关键全在它的眼睛。

佛寺里的木鱼有两种，一种是整条挺直的鱼，与一般鱼没有两样，挂在库堂，用粥饭时击之；另一种是圆形的鱼，连鱼鳞也是圆形，放在佛案，诵经时叩之。这两种不同形的鱼有一个共同的特征，就是眼睛奇大，与身体不成比例，有的木鱼，鱼眼大如拳头。我不能明白为何鱼有这么大的眼睛，或者为什么是木鱼，不是木虎、木狗，或木鸟？问了寺里的法师。

法师说："鱼是永远不闭眼睛的，昼夜常醒，用木鱼做法器是为了警醒那些昏惰的人，尤其是叫修行的人志心于道，昼夜常醒。"

这下总算明白了木鱼的巨眼，但是那么长的时间醒着做些什么，总不能像鱼一样游来游去吧！

法师笑了起来："昼夜长醒就是行住坐卧不忘修行，行法则不外六波罗蜜，一布施，二持戒，三忍辱，四精进，五禅定，六智慧，这些做起来，不要说昼夜长醒时间不够，可能五百世也不够用。"

木鱼是为了警醒，假如一个人常自警醒，木鱼就没有用处了。我常常想，浩如瀚海的佛教经典，其实是在讲心灵的种种尘垢和种种磨洗的方法，它只有一个目的，就是恢复人的本心里明澈朗照的功能，磨洗成一面镜子，使对人生宇宙的真理能了了分明。

磨洗不能只有方法，也要工具。现在寺院里的佛像、舍利子、钟鼓鱼磬、香花幢幡，无知的人目为是迷信的东西，却正是磨洗心灵的工具，如果心灵完全清明，佛像也可以不要了，何况是木鱼呢？

木鱼作为磨洗心灵的工具是极有典型意义的，它用永不睡眠的眼睛告诉我们，修行没有止境，心灵的磨洗也不能休息。住在清净寺院里的师父，昼夜在清洁自己的内心世界，居住在五浊尘世的我们，不是更应该磨洗自己的心吗？

因此，我们不应忘了木鱼，以及木鱼的巨眼。

低头看得破

在佛寺里，凡人也常有能体会的智慧。

像我在寺里看到比丘和比丘尼穿的鞋子，就不时地纳闷起来，那鞋其实是不实用的。

一只僧鞋前后一共有六个破洞，那不是为了美观，似乎也不是为了凉爽。因为，假如是为了凉爽，大部分的出家人穿鞋，里面都穿了厚的布袜，何况一到冬天就难以保暖了。假如是为了美观，也不然，一来出家只求洁净，不讲美观；二来僧鞋的黑、灰、土三色都不是顶美的颜色。

有了，大概是为了省布，节俭守戒是出家人的本分。

也不是，因为僧鞋虽有六个洞，制作上的布料和连着的布是一样的，而且反而费工。

那么，到底是为什么，僧鞋要破六个洞呢？

我遇到了一位法师，光是一只僧鞋的道理，他说了一个下午。

他说，僧鞋的破六个洞是要出家人"低头看得破"。低头是谦诚有礼，看得破是要看破眼耳鼻舌身意六根，是要看破色声香味触法六尘，以及参破六道轮回，勘破贪嗔痴慢疑邪见六大烦恼。

甚至也要看破人生的短暂，人身的渺小。

从积极的意义来说，这六个破洞是"六法戒"，就是不淫、不盗、不杀、不妄语、不饮酒、不非时食；是"六正行"，就是读诵、观察、礼拜、称名、赞叹、供养；以及是"六波罗蜜"：布施、持戒、忍辱、精进、禅定、智慧。

小小一只僧鞋就是天地无边广大了，让我们不得不佩服出家人。出家人不穿皮制品，因为非杀生不足以取皮革，出家人也不穿丝制品，因为一双丝鞋，可能需要牺牲一千条蚕的性命呢！就是穿棉布鞋，规矩不少，智慧无量。

最后我请了一双僧鞋回家，穿的时候我总是想：要低得下头，要看得破！

后记：

导演刘维斌发心要拍一套正统佛教的早课礼仪，约我同往佛光山。本来大悲殿与女子佛学院都是不准男众进入的，我们幸蒙特准，才看到了大悲殿的燕子。在山上的"麻竹园"住了几天，随手写笔记，这是其中四则，因缘会合，特此并记。

第二部分

有梦不觉人生寒

人世间的苦痛不外乎是贫穷、疾病、孤独、死亡、爱欲不能圆满等等，这原是无可奈何之事，但如果我们能往前回溯，心情一如赤子，则番薯菜叶也自有孔雀开屏的丰采，自然能活得多一点点心安、多一点点自在。

可以预约的雪

她自己是个保守传统的乡村妇女，和一般乡村妇女没有两样，不过她鼓励我们要有梦想，并且懂得坚持。

有时候回想起来，我母亲对我们的期待，并不像父亲那样明显而长远。小时候我的身体差、毛病多，母亲对我的期望大概只有一个，就是祈求我的健康。为了让我平安长大，母亲常背着我走很远的路去看医生，所以我童年时代对母亲留下的第一印象，就是趴在她的背上去看医生。

我不只是身体差，还常常发生意外。3岁的时候，我偷喝汽水，没想到汽水瓶里装的是"番仔油"（夜里点灯用的臭油），喝了一口顿时两眼翻白，口吐白沫，昏死过去了。母亲立即抱着我以跑百米的速度到街上去找医生，那天是大年初二，医生全休假去了，母亲急得满眼泪，却毫无办法。

"好不容易在最后一家医生馆找到医生，他打了两个生鸡蛋给你吞下去，又有了呼吸，眼睛也张开了。直到你张开眼睛，我也在医院昏过去了。"母亲一直到现在，每次提到我喝番仔油，还心有余悸，好像捡回一个儿子。听说那一天她为了抱我看医生，跑了将近10公里。

由于我体弱，母亲只要听到什么补药或草药吃了可以使孩子身体好，就会不远千里去求药方，抓药来给我补身体。可能是补得太厉害，我6岁的时候竟得了疝气，时常痛得在地上打滚，哭得死去活来。"那一阵子，只要听说哪里有先生、有好药，都要跑去看，足足看了两年，什么医生都看过了，什么药都吃了，就是好不了。有一天，一个你爸爸的朋友来，说开刀可以治疝气，虽然我们对西医没信心，还是送去开刀了。开一刀，一个星期就好了。早知道这样，两年前就送你去开刀，不必吃那么多的苦。"母亲说吃那么多的苦，当然是指我而言，因为她们那时代的妈妈，从来不会想到自己的苦。

过了一年，我的大弟得小儿麻痹，一星期就过世了，这对母亲是个严重的打击。由于我和大弟年龄最近，她差不多把所有的爱都转到我的身上，对我的照顾可以说是无微不至，并且在那几年，对我特别溺爱。

例如，那时候家里穷，吃鸡蛋不像现在的小孩可以吃一个，而是一个鸡蛋要切成"四洲"（就是四片）。母亲切白煮鸡蛋有特别方法，她不用刀子，而是用车衣服的白棉线，往往可以切到四片同样大，然后像宝贝一样分给我们。每次吃鸡蛋，她常背地里多给我一片。有时候很不容易吃苹果，一个苹果切12片，她也会给我两片。有斩鸡，她总会留一碗鸡汤给我。

可能是母亲的照顾周到，我的身体竟然奇迹似的好起来，变得非常健康，常常两三年都不生病，功课也变得十分好，很少读到第二名。我母亲常说："你小时候读了第二名，自己就跑到香蕉园躲起来哭，要哭到天黑才回家，真是死脑筋，第二名不是很好了吗？"

但身体好、功课好，母亲并不是就没有烦恼。那时我性格古怪，很少和别的小朋友玩在一起，都是自己一个人玩，有时自己玩一整天，自言自语，即使是玩杀刀，也时常一人扮两角，一正一邪互相对打，而且常不小心让匪徒打败了警察，然后自己蹲在田岸上哭。幸好那时候心理医术没有现在发达，否则我一定早被送去了。

"那时庄稼囝仔很少像你这样独来独往的，满脑子不知在想什么。有一次我看你坐在田岸上发呆，我就坐在后面看你，那样看了一下午，后来我忍不住流泪，心想：这个古怪囝仔，长大后不知要给我们变出什么出头，就是这个念头也让我伤心不已。后来天黑，你从外面回来，我问你：'你一个人坐在田岸上想什么？'你说：'我在等煮饭花开，等到花开我就回来了。'这真是奇怪，我养一手孩子，从来没有一个坐着等花开的。"母亲回忆着我童年一个片段，煮饭花就是紫茉莉，总是在黄昏时盛开，我第一次听到它是黄昏开时不相信，就坐一下午等它开。

我15岁就离家到外地读书了，母亲因为会晕车，很少到我住的学校看我，我们见面的机会就少了。她常说："出去好像丢掉，回来好像捡到。"但每次我回家，她总是唯恐我在外地受苦，拼命给我吃，然后在我的背包塞满东西。我有一次回到学校，打开背包，发现里面有我们家种的香蕉、枣子；一罐奶粉、一包人参、一袋肉松；一包她炒的面茶、一串她绑的粽子，以及一罐她亲手腌制的凤梨竹笋豆瓣酱……一些已经忘了。那时觉得东西多到可以开杂货店。

那时我住在学校，每次回家返回宿舍，和我一起的同学都说是小过年，因为母亲给我准备的东西，我一个人根本吃不完。一直到现在，我母亲还是这样，我一回家，她就把什么东西都塞进我的包包，就好像台北闹饥荒，什么都买不到一样。有一次我回到台北，发现包包特别重，打开一看，原来母亲在里面放了八罐汽水。我打电话给她，问她放那么多汽水做什么，她说："我要给你们在飞机上喝呀！"

高中毕业后，我离家愈来愈远，每次回家要出来搭车，母亲一定放下手边的工作，陪我去搭车，抢着帮我付车钱，仿佛我还是个三岁的孩子。车子要开的时候，母亲都会倚在车站的栏杆向我挥手，那时我总会看见她眼中有泪光，看了令人心碎。

要写我的母亲是写不完的。我们家五个兄弟姊妹，只有大哥侍奉母亲，其他的都高飞远扬了，但一想到母亲，好像她就站在我们身边。

母亲常说："有很多梦是遥不可及的，但只要坚持，就可能实现。"她自己是个保守传统的乡村妇女，和一般乡村妇女没有两样，不过她鼓励我们要有梦想，并且懂得坚持，光是这一点，使我后来成为作家。

作家可能没有做官好，但对母亲是个全新的经历，成为作家的母亲，她对乡人谈起我时，为我小时候的多灾多难、古灵精怪全找到了答案。

生平一瓣香

　　我一直觉得在我们不可把捉的尘世的运命中，我们不要管无情的背弃，我们不要管苦痛的创痕，只要维持一瓣香，在长夜的孤灯下，可以从陋室里的胸中散发出来，也就够了。

　　你提到我们少年时代常坐在淡水河口看夕阳斜落，然后月亮自水面冉冉上升的景况。你说："我们常边饮酒边赋歌，边看月亮从水面浮起，把月光与月影投射在河上，水的波浪常把月色拉长又挤扁。当时只是觉得有趣，甚至痴迷得醉了。没想到去国多年，有一次在密西西比河水中观月，与我们的年少时光相叠。故国山川如水中之月、镜中之花，挤扁又拉长，最后连年轻的岁月也成为镜花水月了。"

这许多感怀，使你在密西西比河畔动容落泪，我读了以后也是心有戚戚。才是一转眼间，我们竟已度过几次爱情的水月镜花，也度过不少挤扁又拉长的人世浮嚣了。

还记否？

当年我们在木栅的小木屋里临墙赋诗，我的木屋四壁萧然，写满了朋友们题的字句，而门上匾额写的是一首《困龙吟》。

有一天夜深，我在小灯下读钱钟书的《谈艺录》，窗外月光正照在小湖上，远听蛙鸣，我把书里的两段话用毛笔写在墙上：

> 水月镜花，固可见而不可提，然必有此水而后月可印潭；有此镜而后花可映面。
>
> 水与镜也，兴象风神；月与花也，必水澄镜朗，然后花月宛然。

那时我相当穷困，住在两坪大的只有一个书桌的小屋中。我所有的财产是满屋的书以及爱情，可是我是富足的。我推开窗子，一棵大榕树面窗而立，树下是植满了荷花的小湖，附近人家都是那么亲善。有时候，我为了送女友一串风铃到处告贷，以书果腹，你带酒和琴来，看到我的窘状，在我的门口写下两句话：月缺不改光，剑折不改刚。

在醉酒之后，我也高歌："我醉欲眠君且去，明朝有意抱琴来。"那时的我们，似乎穷到只要有一杯酒、一卷书，就满足地觉得江山有待了。后来我还在穷得付不出房租的时候，跳窗离开了那个木屋。

前些日子我路过那里，顺道转去看那一间我连一个月三百元的房租都缴不起的木屋。木屋变成了一幢高楼，大榕树魂魄不在，小湖也被盖了公寓。

我站在那里怅望良久，竟然忘了自己身在何方，真像京戏《游园惊梦》里的人。

我于是想到，世事一场大梦，书香、酒魄、年轻的爱与梦想都离得远了，真的是"镜花水月一场"，空留去思，可是重要的是一种响应。如果那镜清明，花即使谢了，也曾清楚地映照过；如果那水澄朗，月即使沉落了，也曾明白地留下波光。水与镜似乎都是永恒的事物，明显如胸中的块垒，那么，花与月虽有开谢升沉，都是一种可贵的步迹。

我们都知道"击石取火"是祖先的故事。本来是两个没存生命的石头，一碰撞却生出火来，因为石中本来就有火种——再冷酷的事物也有它感性的一面。不断的敲击就有不断的火光，得火实在不难，难的是，得了火后怎么使那微小的火种得以不灭。镜与花，水与月，本来也不相干，然而它们一相遇就生出短暂的美。

我们怎么样才能使那美得以永存呢？

只好靠我们的心了。

就在我正写信给你的时候，突然浮起两句古诗："笼中剪羽，仰看百鸟之翔；侧畔沉舟，坐阅千帆之过。"

爱与生的美和苦恼不就是这样吗？

岁月的百鸟一只一只地从窗前飞过，生命的千帆一艘一艘地从眼中航去——许多飞航得远了，还有许多正从那些不可测知的角落里飞航过来。

记得你初到康涅狄克不久，曾经因为想喝一碗掺柠檬水的爱玉冰不可得而泪下，曾经因为在朋友处听到《雨夜花》的歌声而胸中翻滚。说穿了，那也是一种回应，一种掺和了乡愁和少年情怀的回应。

我知道，我再也不可能回到小木屋去住了，我更知道，我们都再也回不到小木屋那种充满精纯的真情的岁月了。

这时节，我们要把握的便不再是花与月，而是水与镜，只要保有清澄朗净的水镜之心，我们还会再有新开的花和初升的月亮。

有一首词我是背得烂熟了，是陈与义的《临江仙》：

忆昔午桥桥上饮，坐中多是豪英。长沟流月去无声。
杏花疏影里，吹笛到天明。

二十余年如一梦，此身虽在堪惊。闲登小阁看新晴。
古今多少事，渔唱起三更。

我一直觉得在我们不可把捉的尘世的运命中，我们不要管无情的背弃，我们不要管苦痛的创痕，只要维持一瓣香，在长夜的孤灯下，可以从陋室里的胸中散发出来，也就够了。

连石头都可以撞出火来，其他的还有什么可畏惧呢？

思想的天鹅

我愿意自己的思想浩大如天鹅之越过长空，在动荡迁徙的道路上，不失去温和与优雅的气质。

有时候我在想，人的思想究竟是像什么呢？有没有一种具象的事物可以来形容我们的思想？

偶尔，我觉得思想像彩色的蝴蝶，在盛开的花园中采蜜，但取其味，不损色香。而这蝴蝶不能在我们预设的花园中飞翔，它随风翻转，停在一些我们不能考察的花丛中，甚至让我们觉得，那蝴蝶停下来时有如一株花。

偶尔，我觉得思想犹如海洋，广度与深度都不可探测，在它涌动的时候，或者平缓如波浪，或者飞溅如海啸，或者反映蓝天与星光，只是，思想在某些时候会有莫名的力量，那像是渔汛或暖流、黑潮从不知的北方来到，那可能就是被称为"灵感"

的东西。

偶尔，我觉得思想像是《诗经》中说的"鸢飞戾天，鱼跃于渊"的鸢或是鱼，上及飞鸟下至渊鱼，无不充满了生命力、无不欢欣悦豫，德教明察。鸢鸟的眼睛是最锐利的，可以在一千米以上的高空，看见茂盛草原上奔跑的一只小鼠；鱼的眼睛则永远不闭，那是由于海中充满凶险，要随时改变位置。

不过，蝴蝶的翅力太弱，生命也太短暂；而海洋则过于博大，不能主宰；鸢呢？鸢太过强猛，欠缺温柔的品质；鱼则过于惊慌，因本能而生活。

如果愿意给思想一个形象，我愿自己的思想像天鹅一样。天鹅的古名叫鹄，是吉祥的鸟，是"燕雀安知鸿鹄之志"中的那种两翼张开有六尺长的大鸟，它生长于酷寒的北方，能顺着一定的轨迹，越过高山大河到达南方的温暖之地。它既善于飞翔，也善于游泳；它性情温和，而意态优雅；它善知和群，能互相守望；它颜色分明，非白即黑；它能安于环境，不致过分执着……天鹅有许多好的品性，它的耐力、毅力与气质，都是令人倾倒的。芭蕾舞剧《天鹅湖》中，对情感至死不渝的天鹅，不知道让多少人为之动容。

我愿意自己的思想浩大如天鹅之越过长空，在动荡迁徙的道路上，不失去温和与优雅的气质。更要紧的是，天鹅是易于驯养的，使我不至于被思想牵动，而能主引自己的思想，让它在水草丰美的湖滨自在优游。

据说，驯养天鹅有两个方法，一个是把天鹅的一边翅膀修剪，使它失去平衡不能飞，它就会安住于湖边。另一个方法是，把天鹅养在一个较小的池塘里，由于天鹅的起飞，必须先在水中滑翔一段路途，才能凌空而去，若池塘太小，它滑翔的路程太短就不能起飞了。从前，欧洲的动物园用前一个方法驯养天鹅，后来觉得残忍，而且天鹅展翅的时候很丑陋，所以现在都用后面的方法。

驯养思想的天鹅似乎不必如此，而是确立一个水草丰美的湖泊作为天鹅的家乡，让它保持平衡的双翼（智慧与悲悯），也让它有广大的湖泊（清明的自性），然后就放心地让它展翅翱翔吧！只要我们知道天鹅是季候之鸟，不管它是飞到万里之外，它在心灵中永远不会忘记自己的家乡，经过数万里时空，在千百劫里流浪，有一天，它就会飞回它的家乡。

传说从前科举时代有一段时间，凡是到京城应试的士子都要穿"鹄袍"，译成白话就是要穿"天鹅服"，执事的人只要看见穿白袍的人就会肃然起敬，因为那些穿着白衣的年轻孩子，将来会有许多位至公卿，是不可轻视的。佛教把居士称为"白衣"，称为"素"，也是这个意思。

思想的天鹅也像是身穿白袍的士子，纯洁、青春，充满了对将来的热望，在起飞的那一刻不能轻视，因为它会万里翱翔，主宰人的一生。

在我的清明之湖泊，有一只时常起飞的天鹅，我看它凌空而去，用敏锐的眼睛看着世界，心里充满对生命探索的无限热诚。我让那只天鹅起飞，心里一点也不操心，因为我知道，天鹅有一个家乡，它的远途旅行只是偶然的栖息，它总会飞回来，并以一种优雅温柔的姿势，在湖中降落。

记忆的版图

记忆的版图在我们的心中是真实的，它就如同照相机拍下的静照，这里有我走过的一条路，爬过的一座山；那里有我游过泳、捞过虾的河流；还有我年幼天真值得缅怀的身影。

一位长辈到大陆探亲回来，说到他在家乡遇到兄弟，相对地坐了半天还不敢相认，因为已经一丝一毫都认不出来了。

在他的记忆里，哥哥弟弟都还是剃着光头，蹲在庭前玩泥巴的样子，这是他离开家乡时的影像，经过四十年还清晰一如昨日。经过时间空间的阻隔，记忆如新，反而真实的人物是那样陌生，找不到与记忆的一丝重叠之处。

更使他惊诧的是，他住过的三合院完全不见了，家前的路不见了，甚至家后面的山铲平了，家前的海也已退到了远方。

他说："我哥哥指着我们站立的地方，说那是我们从前的家，我环顾四周竟流下泪来，如果不是有亲人告诉我，只有我自己站在那里的话，完全认不出那是我从童年到少年，住过十七年的地方。"

这使他迷茫了，从前的记忆是真实的，眼前的现实也是真实的，但在时间空间中流过时，两者却都模糊，成为两个毫不相连的梦境。在此地时，回观彼处是梦，在彼地时，思及此处也是梦了。到最后，反而是记忆中的版图最真实，虽然记忆中的情景已然彻底消失了。

这位长辈回来后怅惘了很久，认为是"四十年来家国，三千里地山河"的缘故，才让他难以跳接起记忆中沦落的事物。其实不然，有时不必走得太远，不必经过太久的时光，我们也可以感受到这种怅惘。

我有一个朋友，他每次坐在台北松江路六福客栈的咖啡厅时，总会指着咖啡厅的地板，说："你们相不相信，这一块是我小时候卧室的所在，我就睡在这个地方，打开窗户就是稻田，白天可以听到蝉声，夜里可以听见青蛙唱歌，这想起来就像是梦一样了。"那梦还不太远，但时空转换，梦却碎得很快。

记忆的版图在我们的心中是真实的，它就如同照相机拍下的静照，这里有我走过的一条路，爬过的一座山；那里有我游过泳、捞过虾的河流；还有我年幼天真值得缅怀的身影。这版图一经确定，有如照相纸在定影液中定影，再也无法改变。于是，当我们越过时空，发现版图改变了，心里就仿佛受到伤害，甚至对时间空间都感到遗憾与酸楚。

两相对照之下，我们往往否定了现在的真实，因为记忆的版图经过洗涤、美化，像雨雾中的玫瑰，美丽无方，丑陋的现实世界如何可以比拟呢？

其实，在记忆中的事物原来可能不是那么美好的，当时比现在流离、颠沛、贫困，甚至面临了逃难的骨肉离散的苦厄，但由于距离，觉得也可以承受了。现在的真实也不一定丑陋，只是改变了，而我们竟无法承担这种改变。

最近我和朋友在黄昏时走过大汉溪畔，他感慨地说："我从前时常陪伴母亲到溪畔洗衣，那时的大汉溪还清澈见底，鱼虾满布，现在却变成这样子，真是不可想象的。到现在我还时常恍惚听见母亲捣衣的声音。"朋友言下之意，是当年在大汉溪畔的岁月，包括溪水、远山、母亲的背影、捣衣的杵声，都是非常美丽的。其中有一个最重要的原因，就是他已失去了母亲，没有母亲的大汉溪已失去了昔日之美。

我对朋友说："其实，你抬起头来，暂时隐藏你的记忆，你会看见大汉溪还是非常美的，夕阳、彩霞、水草、卵石、鸭群，还有偶尔飞来的白鹭鸶，无一不美。"

朋友听了沉默不语，我问说："如果你的母亲还在，你希望她继续来溪边捣衣，还是在家里用洗衣机洗衣服？"

朋友笑了。

是的，记忆是记忆，现实是现实，以记忆判断现实，或以现实来观察记忆，都容易令我们陷入无谓的感伤。

如何才能打破我们心中记忆与现实间的那条界限呢？在我们这一代或上一代，所谓记忆的版图最优美的一段，是农业时代那种舒缓、简单、平静、纯朴、依靠劳力的田园；而我们下一代记忆的版图或我们当下的现实却是急促、复杂、转动、花俏、依靠电子科学生活的城乡。如果我们是现代鬼，就会否定昔日生活的意义；如果我们是怀旧的人，就会否认现代生活之美。这必然使我们的成长变为对立、二元、矛盾、抗争的线。

其实，不一定要如此决然。我想起日本近代的禅学大师铃木大拙，有一次一位沉醉于东方禅学的瑞士籍教授千里迢迢来拜望他，这位瑞士教授提出自己对东方西方分别的见解。他说："使人走向幸福之路的方法有二，一是改变外在的环境，例如热得不堪时，西方人用冷气机来降低温度。另一个方法是改变内部的自己，例如热得不堪时，禅者灭去心头火而得到清凉。前者是西方发达的科学、技术的方法，后者是东方，尤其是禅所代表的、主体的方法。"

这位教授说得真好，并以之就教于铃木大拙。铃木的回答更好，他说，禅并非与科学对立的主观精神，发明冷气机的自觉中就有禅的存在，禅不只是东方过去文化的财产，而是要在现代里生存着、活动着、自觉着的东西，此所以禅不违背科学，而是合乎科学、包容科学、超越科学的。制造更多、更普遍的冷气机，使人人清凉的科学行为中就有禅的存在。

从这个故事里，我们知道主张空明的禅并非虚无，而是应该涵容时空变迁中一切现实的景况，在两千多年前，禅心固已存在，推到更远的时空中，禅心何尝不在呢？纵使在最科技前卫的时代，一切为人类生活前景而创造的行为中，禅又何尝不在呢？如果要把禅心从科技、方法中独存抽离出来，禅又如何活生生地来救济这个时代的心灵呢？所以说，在燠热难忍的暑天，汗流满地的坐禅固然表现了禅者清凉的风格，若能在空气调节的凉爽屋内坐禅，何尝不能得到开悟的经验呢？

禅心里没有断灭相，在真实的生活、实际人生的历程中也没有断灭。记忆，乃是从前的现实；现在，则是未来的记忆。一个人若未能以自然的观点来看记忆的推移、版图的改变，就无法坦然无碍面对当下的生活。

我们在生命中所经验的一切，无非都是一些形式的展现，过去我们面对的形式与目前所面对的形式容有差异，我们真实的自我并未改变，农村时代在农田中播种耕耘的少年的我，科技时代在冷气房中办公的中年之我，还是同一个我。

学禅的人有参公案的方法，公案是在开发禅者的悟，使其契入禅心。我觉得参禅的人最简易的方法，就是把自己当成公案，一个人若能把自己的矛盾彻底地统一起来，使其和谐、单纯、柔软、清明，使自己的言行一致，有纯一的绝对性，必然会有开悟的时机。人的矛盾来自于身、口、意的无法纯一，尤其是意念，在时空的变迁与形式的幻化里，我们的意念纷纭，过去的忧伤喜乐早已不在，我们却因记忆的版图仍随之忧伤喜乐，我们时常堕落于形式之中，无法使自己成为自己，就找不到自由的入口了。

我喜欢一则《传灯录》的公案：

有一位修行僧去问玄沙师备禅师：

"我是新来的人，什么都不知道，请开示悟入之道。"

禅师沉默地谛听一阵，反问：

"你能听到河水的声音吗？"

"能听到。"

"那就是你的入处，从那里进入吧！"

在《碧岩录》里也有一则相似的公案：

窗外下着雨的时候，镜清禅师问他的弟子：

"门外是什么声音？"

"是雨的声音。"弟子回答说。

禅师说："太可悯了，众生心绪不安，迷失了自己，只在追求外面的东西。"

河水的声音、雨的声音、风的声音，乃至鸟啼花开的声音，天天都充盈了我们的耳朵，但很少人能从声音中回到自我，认识到我才是听的主体，返回了自我，一切的听才有意义呀！这天天迷执于听觉的我，究是何人呀？《碧岩录》中还有一则故事，说古代有十六个求道者，一心致力求道都未能开悟，有一天去沐浴时，由于感觉到皮肤触水的快感，十六个人一起突悟了本来面目。每次洗澡时想到这个故事，就觉得非凡地动人，悟的入处不在别地，在我们的眼睛、耳朵、意念、触觉的出入里，是经常存在着的！

我们的记忆正如一条流动的大河，我们往往记住了大河流经的历程、河边的树、河上的石头、河畔的垂柳与鲜花，却常常忘记大河的本身。事实上，在记忆的版图重叠之处，有一些不变的事物，那就是一步一步踏实的、经过种种历练的自我。

在混沌未分的地方，我们或者可以溯源而上，超越记忆的版图，找到一个纯一的、全新的自己！

转动

　　世界在转动着，我们只是这转动中的一块石头，甚至一粒微尘！可悲的不在于时空的辽远与世界的宽阔，而是我们的渺小与幽微。

　　有一句俗语说："滚动的石头不生苔。"意思是当一个人时常变化自己，那么他就可以时常保持光润的面貌。

　　但是，滚动的石头不生苔，是不是意味着静止的石头或生苔的石头是不好的呢？其实，光润之石固然好，生苔的石头也没有什么坏。再进一步说，滚动的石头是自愿地滚动呢？还是被别人所滚动呢？如果是自愿滚动追求光润，光润就是好的；如果是想要生苔却被别人滚成光润，光润就是一件坏事了。

　　这真是一个大问题，每个人在童年或青年时代，都认为要自己转动，甚至来转动这个世界。但是到了中年以后就会发现，原来没有什么事情是可以由自己转动的，我们只是被外在的世界所转动的一块石头罢了。于是大部分的中年人都失去了生苔的生命力，而有一种表面上看起来光润，事实上是世故的圆滑。

转动世界，或者只是小小地转动自己，都是何其不易！

当然，被世界转动我们，就容易得多了。

大部分人都会在这种转动里，落进一个无可奈何的境况：就是发现自己并没有转动世界的力量，却又不甘心落入完全被转动的地步。所以，就一直保持着继续奋斗的精神，流血流汗，耗费了大部分的青春。偏偏最后的结局还是：世界在转动着，我们只是这转动中的一块石头，甚至一粒微尘！

可悲的不在于时空的辽远与世界的宽阔，而是我们的渺小与幽微。

不错，世界是不可转动，或者说转动世界是艰难的。那么现代人如何在认清这种实相之后，还能活得自在、积极、愉悦、明朗，同时不失去为理想奋斗的勇气呢！答案就是与转动的世界处在一种和谐的状态，并能冷静观照到自己的流转，使自己的心性独立于世界，有着独特的精神。

听起来似乎有些晦涩，其实不难明白，就是我们虽然不免在物质上必须活在现实世界，我们也会在现实世界中一天天地老化。但是在精神上我们能超拔出来，以更高的观点看人生，而在心灵的深处不随年纪老去，保持着对世界新鲜而有希望的心情。

这就是"至道无难，唯嫌拣择；但莫憎爱，洞然明白"的精神——接受现实世界苦乐的转动吧！不要去分别、去爱憎，只要心里明明白白，就能容易地走向无上智慧的道路。

我们很容易能观察到，这世界上的儿童与青年，每一个都有不同的面目，他们通常能断然拒绝物欲的魅惑，追求理想的标杆。可是，这世界的中年人，往往丧失理想的标杆，趋入物欲的泥沼，这就是随外在世界完全转动的结果。

以至于，这个世界的中年人，不论男女，都有着相似的面貌与表情，那是由于世界不但转动他的现实，也转动了他的青春与心性，甚至转动了他为理想奋斗的热情了。

理解世界的转动是不可抗拒的，也理解着与这转动和谐，同时知道有一个如如不动的本体，知觉有不可动转之处，这是转动的世界里能自在明朗的一种锻炼。

譬如，下雨天的时候，出门别忘了带伞，但保有春日晴好的心情。

譬如，处在黑暗的境况犹如进入戏院，能在黑暗中等待，以便灿烂的电影开演。

譬如，成功的时刻不要迷恋掌声，因为知道最好的跑者都是不顾掌声，才跑在掌声之前。

譬如，在拥挤吵闹的公车上与人推挤，也能安下心来期待目的地，因为有一个目的地，其他的吵闹、挤迫，乃至于偶尔被冲撞，又有什么要紧呢？

转动者与被转动者，是我们所眼见的世界，或是我们不可见的自我呢？

孔雀菜

　　苦乐非但是随着时间空间而有不同的感受，并且也是纯主观的，在这个世界上，主观地说可能有最苦的人或最苦的事件，可是在客观里，人的苦乐就没有"最"字了。

　　带孩子上菜市场，偶然间看到一个菜贩在卖番薯叶子，觉得特别眼熟。

　　番薯叶子是我童年在乡下常吃的青菜，那时或许也不能算是青菜，而是种番薯的副产品。番薯是最容易生长的作物，旧时乡间每一家都会种番薯田，尤其是稻子收成以后，为了使土地得到调节，并善用地利，总会种一些番薯，等到收成以后再播下一季的稻子。

　　那些年，番薯为乡间农民做了很大的贡献，好的番薯可以出售，可以果腹以补白米的不足，较差的则可以用来养猪。番薯菜叶也是养猪用的，所以在乡下叫"猪菜"，但大人们觉得养猪也可惜，总是把嫩的部分留下来，作为佐餐的菜肴。三十年前，不太有多吃青菜的观念，只要能吃饱就很不错了，因此，番薯叶子几乎是家庭里最常见的青菜。

市场里看到番薯叶子，忍不住对孩子说起童年关于番薯叶子的记忆，孩子专注聆听，似懂非懂，听完了，突然举起小手指着番薯叶子说：

"这应该叫孔雀菜！"

"孔雀菜？为什么要叫孔雀菜呢？"我惊奇地问。

"因为它长得真像孔雀的尾巴。"

我拿起摊子上摆着的番薯叶子，仔细端详，果然发现它的样子像极了孔雀尾巴，它的梗笔直拉高，末端的叶子青翠怒放，尤其是有一些圆形的品种，张开来，简直就是开屏时的孔雀了。

四岁孩子的观察力与想象力深深地震撼了我。在过去，番薯叶子对我是一种贫苦生活的象征，因为我和千千万万台湾的农家子弟一样，经历了物质匮乏的苦，所以看到番薯叶子，那些苦的生活汁液便被搅动了。可是对于我的孩子，他生命里还没有苦的概念，因此在最平凡最卑贱的番薯叶子里竟看见了孔雀一般的七彩之美，番薯叶子对他便成为一种美丽与快乐的启示了。

从那一次以后，我们家就把番薯叶子称为"孔雀菜"，吃的时候仿佛一切的苦难都消失了，只留下那最快乐的部分，而这平凡卑微的菜式也变得格外的高贵精美了。

可见，一个人对于苦乐的看法并不是一定，也不是永久的，就如同我现在回想童年生活，感觉到它有许多苦的部分，其实苦中有乐，而许多当年深以为苦的事，现在想起来却充满了快乐。

乞丐中的乞丐

苦乐非但是随着时间空间而有不同的感受，并且也是纯主观的，在这个世界上，主观地说可能有最苦的人或最苦的事件，可是在客观里，人的苦乐就没有"最"字了。

就像孔子的学生颜回，他居陋巷，曲肱而枕之，一箪食，一瓢饮，人不堪其忧，回也不改其乐。最值得注意的是"忧"和"乐"两个字，对一般人来说，颜回那么简单的生活，几乎是最苦的了，但他却不以为苦，反而觉得那是一种无上的快乐。这种境界，古来许多修习头陀苦行的禅师必然体会得最深刻，即使是近代，像人道主义者史怀哲，像伟大的教育者海伦·凯勒，像拯救印度的甘地，乃至深怀人类苦难悲愿的德蕾莎修女，他们不都是以苦为乐，成就了令人崇仰的志业吗？

痛苦和快乐是没有一定的道理的！

我记得小时候，我的父亲说过一个故事，他说从前有个乞丐，从这个乡村走到另一个乡村去乞讨金钱，路途的跋涉自不在话下，但是他在那个乡村从早到晚，只讨到一点点的钱，黄昏的时候他悲哀地想着："我一定是这个世界上最可怜的人了，做了乞丐还不要紧，居然走了一天路，还讨不到钱，天底下还有像我这么可怜的人吗？"

于是，他悲痛地走回他居住的乡村，但是一路上他遇到好几位乞丐，衣服比他更破烂，身体比他更瘦弱，走过来向他伸手要钱，他看到那些乞丐，忍不住百感交集落下泪来，想到："原来天底下还有比我更可怜的人！"

故事的结局是老套，这位乞丐从此改变了人生观，奋发向上，终于成为一个有用的人。

这个故事留给我很深的印象，因为它有一个深刻的哲理："除非我们自认为是世界上最可怜的人，否则我们一定不是最可怜的人。"苦乐乃是比较级的，没有了比较，苦乐就不会那么明显了。这个道理，梁启超曾写过一篇《惟心》，分析得最为透彻，我且引几段来看！

　　戴绿眼镜者，所见物一切皆绿；戴黄眼镜者，所见物一切皆黄；口含黄连者，所食物一切皆苦；口含蜜饴者，所食物一切皆甜。一切物果绿耶？果黄耶？果苦耶？果甜耶？一切物非绿、非黄、非苦、非甜，一切物亦绿、亦黄、亦苦、亦甜，一切物即绿、即黄、即苦、即甜。然则绿也、黄也、苦也、甜也，其分别不在物而在我，故曰"三界惟心"。

　　天地间之物，一而万，万而一者也。山自山，川自川，春自春，秋自秋，风自风，月自月，花自花，鸟自鸟，万古不变，无地不同。然有百人于此，同受此山、此川、此春、此秋、此风、此月、此花、此鸟之感触，而其心境所现者百焉；千人同受此感触，而其心境所现者千焉；亿万人乃至无量数人同受此感触，而其心境所现者亿万焉，乃至无量数焉。然则欲言物块之果为何状，将谁氏之从乎？仁者见之谓之仁，智者见之谓之智，忧者见之谓之忧，乐者见之谓之乐，吾之所见者，即吾所受之境之真实相也。故曰：惟心所造之境为真实。

梁启超的文字典雅明白，让我们看到苦乐的感受其实是主观的认定，这是庄子所说"子非鱼，安知鱼之乐"的道理。梁启超还有一段谈苦乐的文章，更精确地指出苦乐非但是主观的，而且是比较的，他说：

三家村学究得一第，则惊喜失度，自世胄子弟视之何有焉？乞儿获百金于路，则挟持以骄人，自富豪视之何有焉？飞弹掠面而过，常人变色，自百战老将视之何有焉？一箪食，一瓢饮，在陋巷，人不堪其忧，自有道之士视之，何有焉？天下之境，无一非可乐、可忧、可惊、可喜者，实无一可乐、可忧、可惊、可喜者。乐之、忧之、惊之、喜之，全在人心。所谓天下本无事，庸人自扰之。境则一也，而我忽然而乐，忽然而忧，无端而惊，无端而喜，果胡为者！如蝇见纸窗而竞钻，如猫捕树影而跳掷，如犬闻风声而狂吠，扰扰焉送一生于惊、喜、忧、乐之中，果胡为者！若是者，谓之知有物而不知有我；知有物而不知有我，谓之我为物役，亦名曰：心中之奴隶。

明白了这一层道理，苦乐又何足惧哉！

一切由己，自在安乐

从佛教的观点来看，苦乐的哲学则更可以了然，释迦牟尼在《遗教经》里有五段谈到知足：

> 汝等比丘，若欲脱诸苦恼，当观知足。知足之法，
> 即是富乐安隐之处。知足之人，虽卧地上，犹为安乐；
> 不知足者，虽处天堂，亦不称意。不知足者，虽富而贫；
> 知足之人，虽贫而富。不知足者，常为五欲所牵，为知
> 足者之所怜悯。是名知足。

佛陀进一步指出一个人快乐的来源，就是"知足"，另一个快乐的来源是"少欲"，《遗教经》另一章说：

> 汝等比丘，当知多欲之人，多求利故，苦恼亦多；
> 少欲之人，无求无欲，则无此患。直尔少欲，尚宜修习，
> 何况少欲能生诸功德。少欲之人，则无谄曲以求人，意
> 亦复不为诸根所牵，行少欲者，心则坦然，无所忧畏，
> 触事有余，常无不足。有少欲者，则有涅槃，是名少欲。

这真是智慧之言，因为能少欲无为，所以能身心自在，如果我们把心量放大，再回来看苦乐，那苦乐就更不足道，佛陀在《四十二章经》中，说出了一个悟道者的真知灼见：

吾视王侯之位，如过隙尘。视金玉之宝，如瓦砾。视纨素之服，如敝帛。视大千界，如一诃子。视阿耨池水，如涂足油。视方便门，如化宝聚。视无上乘，如梦金帛。视佛道，如眼前华。视禅定，如须弥柱。视涅槃，如昼夕寤。视倒正，如六龙舞。视平等，如一真地。视兴化，如四时木。

一个人假如能悟到如此巨大伟岸，苦乐再大，也自然无波。我们虽不能像佛陀有那样深广无上的智慧，但我们可以体会那样的智慧，也就不会为世苦所染着了。我们若能自我清洗、自我把持，减少外境的干扰，则较清净喜乐的人生并不是不可能的。在《大般涅槃经》里有一小段话是值得记诵的：

一切属他，则名为苦；一切由己，自在安乐。

我们所说对苦乐的真实认识，也不是那么难以达到。我有一次坐出租车，就曾被出租车司机深深地感动。那个司机原来是一家贸易公司的小主管，他服务的公司倒闭了，一时之间找不到合适的工作，只好去开出租车。他说：

"我刚开始开出租车时，心情非常郁闷苦恼，时常想到我过去曾经有大的抱负，没想到沦落到来开出租车。而且出租车不是那么容易开的，新手忙了一整天所赚的钱可能还不如老手开个几小时。有一天，我早上八点就出门了，一直开到晚上十点，说起来你不相信，只赚了两百多块。不管怎么努力开，不是找不到客人，就是客人刚刚坐上别的出租车。那时的心情很难形容，我感觉到人生的绝望。我沦落来开出租车已经很惨了，我想天下没有比我更悲惨的出租车司机，跑了十四个小时，只收到两百块，连油钱都赚不回来。我就想，自杀算了！活在这个世界上还有什么意思呢？

"结果正想死的时候，遇到路边发生车祸，一家三口都受伤了，两个重伤，一个轻伤。我急忙把他们送到医院去。往医院的路上，我虽然为那家人难过，但自己的心情突然开朗，觉得我是很幸运的人了，四肢完好，身体也健康，年轻力壮，还能开出租车赚钱，比起那些受伤、残废、躺在医院里的人幸福得多了。"

世间何者最快乐

一个出租车司机就这样重生，因为他从生活中体会到苦乐的智慧，知道自己再苦，总有比我们更苦的人，积极的人生观就是这样建立起来的。我们其实也很容易像出租车司机一样，体会那种苦乐转换的心境，因为那原是一体的两面。汉武帝有一首短歌，颇能道出这种心情：

> 欢乐极兮哀情多，
>
> 少壮几时兮奈老何！

佛经里讲到苦乐更是拨开两面，直趋究竟，认为一切的苦是"苦苦"，就是人人认为的苦，那是苦的；而一切的乐是"乐苦"，就是看出快乐也是一种苦，是一种断灭之苦，当人失去快乐的时候，就是苦了。

我们来看看佛经的两个故事：

有四个新学比丘，一天在讨论"世间以何为最快乐"的问题。甲说："春情美景百花争妍，身游其间，最为快乐。"乙说："宗亲宴会，大吃特吃，最为快乐。"丙说："多积财宝，富贵傲人，最为快乐。"丁说："妻妾满堂，夸耀乡里，最为快乐。"四人各执己见，争论不休，刚刚好被佛听见，就告诫他们道："汝等学佛，未循正道修养，误以世法为乐。春景刚至，秋来摧残，有何快乐？胜会不常，盛筵易散，有何可乐？钱是五共（水浸、火烧、贼偷、子败、官没）之物，得来辛苦，散去忧虑，有何快乐？妻妾满堂，难免生怨死离，有何快乐？真正快乐，唯在解脱烦恼，证入涅槃！"

另一个故事是：从前有个信佛的普安王，请了邻国四个国王来聚餐，讨论到世间以什么事为最快乐。甲王说："旅游最快乐。"

乙王说："和爱人在一起听音乐最快乐。"丙王说："家财万贯，一切如意，最快乐。"丁王说："有大权力，控制一切，最快乐。"普安王说："各位所说的都是痛苦之本、忧畏之源，不是真正的快乐；须知乐极生悲，乐为苦薮，得势凌人，失势被辱。唯有信奉佛法，寂静无染，无欲无求，然后证道，才是人生第一乐事。"

如蜂采华，但取其味，不损色香

人世间的苦痛不外乎是贫穷、疾病、孤独、死亡、爱欲不能圆满等等，这原是无可奈何之事，但如果我们能往前回溯，心情一如赤子，则番薯菜叶也自有孔雀开屏的丰采，自然能活得多一点点心安、多一点点自在。

在无穷的岁月里，我们今生的百年只是一瞬间，在这一瞬间，我们如果能多认识自我的心灵，少一点名利的追逐；多一些境界的提升，少一点物欲的沉沦；那么过一种比较知足快乐的生活并不太难，忘乎苦乐的出世观照非寻常人能够，但入世生活如果能依佛所说："于好于恶，勿生增减……如蜂采华，但取其味，不损其味，不损色香。"一方面体会生命的种种滋味，一方面浅尝即止不使自己受到伤害，则面对或苦或乐时也能坦然处之了。

油面摊子

看到人们貌似简单，事实上不易的生活动作时，我觉得每一个人都值得给予最大的敬意，努力生活的人们都是可敬佩的。

家附近有一担卖油面的小摊子，我平常并不太注意，有一回带孩子散步路过，看到生意极好，所有的椅子都坐满了人。

我和孩子驻足围观，这时见到卖面的小贩，把油面放进烫面用的竹捞子里，一把塞一个，刹那之间就塞了十几把，然后他把叠成长串的竹捞子放进锅里烫。

接着，他以迅雷不及掩耳的速度，将十几个碗一字排开，放作料、盐、味素等等，很快地捞面、加汤，十多碗面煮好的过程还不到五分钟，我和孩子都看呆了。更令人赞叹的是，那个煮面的老板还边煮边与顾客聊着闲天。

在我们从面摊离开的时候，孩子突然抬起头来说："爸爸，我猜如果你和卖面的老板比赛卖面，你一定输！"

对于孩子突如其来的谈话，我感到莞尔，并且立即坦然承认，我一定输给卖面的人。我说："不只会输，而且会输得很惨，这个世界上能赢过卖面老板的人大概也没有几个。"

后来我和孩子谈起了，他的爸爸在这世界上是输给很多人的。

接下来的几天，就像玩着游戏一样，我带着孩子到处去看工作中的人。我们在对角的豆浆店看伙计揉面粉做油条，看油条在锅中胀大而充满神奇的美感。我对孩子说："爸爸比不上炸油条的人。"

我们到街角的饺子店，看一位山东老乡包饺子。他包饺子就如同变魔术一样，动作轻快，双手一捏，个个饺子大小如一，煮出来晶莹剔透。我对孩子说："爸爸比不上包饺子的人。"

我们在市场边看见一个削梨子与芭乐的小贩。他把水果削好切片，包成一袋一袋准备推到戏院去卖。他削水果时，刀子如同自手中长出，动作又利落、又优美。我对孩子说："爸爸比不上削水果的人。"

就在我们生活四周，到处都是我比不上的人。这些市井小人物，他们过着单纯的生活，对生命有着信心与希望，他们的手艺固然简单，却非数十年的锻炼不能得致。

当我们放眼这个世界的时候，如果以自我为中心，很可能会以为自己是顶尖人物，一旦我们把狂心歇息下来，用赤子之心来观照，就会发现自己是多渺小。在人群之中，若没有整个市井的护持，我们连吃一套烧饼油条都成问题呀！这是为什么连圣贤都感叹地说"吾不如老农，吾不如老圃"的缘故。我们什么时候能看清自己不如人的地方，那就是对生命有真正信心的时候。

看到人们貌似简单，事实上不易的生活动作时，我觉得每一个人都值得给予最大的敬意，努力生活的人们都是可敬佩的。他们不用言语，而以动作表达了对生命的承担。

承担，是生命里最美的东西！

我时常想，我们既然生而为人，不是草木虫鱼，就要承担，安然接受人生可能发生的一切，除了安然地面对，还能保持觉性，就是菩提了。一般人缺少的正是觉悟的菩提罢了。

在古印度人传统的观念里，认为只要是两条河交汇的地方一定是圣地，这是千年智慧累积所得到的结论。假如我们把这个观念提炼出来，人生何尝不是如此，在人与人相会面的那一刻，如果都有很好的心来相印，互相对流，当下自己的心就是圣地了。

油面摊子是圣地，豆浆店是圣地，饺子馆是圣地，水果摊是圣地……到处都是圣地，只看我们有没有足够神圣的心来对应这些人、这些地方。当然，在我们以神圣的心面对世界时，自己就有了承担，也就成为值得敬佩的人之一。

我带着孩子观察了许多人以后，孩子感到疑惑，他问："爸爸，那么你有什么可以比得上别人呢？"

我说："如果比写文章，爸爸可能会比得上那卖油面的老板吧！"

孩子说："也不会，油面老板几分钟煮好十几碗面，爸爸要很久才写完一篇文章！"

父子俩相对大笑。是呀！这世界有什么东西可以相比，有什么人可以相比呢？事实上，所有的比较都是一种执着！

时到时担当

只要在困难里可以坦然地活下去，就没有走不通的路，因此如何使自己的心宽广乐观地应对生活，比汲汲营营的想过好日子来得重要。

在我的家乡有一句大家常用的俗语："时到时担当，没米就煮番薯汤。"这是一句乐观的、顺其自然的话，大约相当于国语里的"船到桥头自然直"，或是"兵来将挡，水来土掩"。

由于在家乡的时候听惯大人讲这句话，深深印在脑海，在我离开家乡以后，每次遇到有阻碍或困厄时，这句话就悄悄爬出来，对了，"时到时担当，没米就煮番薯汤"，有什么大不了。这样想起来，心就安定下来，反而能自然地度过阻难与困厄。

幼年时代，我常听父亲说这一句话，有一回就忍不住问父亲："没米就煮番薯汤，如果连番薯也没有了，怎么办？"

父亲习惯地拍拍我的后脑勺，大笑起来："憨囝仔！人讲天无绝人之路，年头不可能坏到连番薯都长不出来呀！"

确实也是如此，我们在农田长大的孩子虽然经历过许多的风灾、水灾、旱灾，甚至大规模的虫害，番薯大概是永远不受害的作物，只要种下去，没有不收成的。因此，在我们乡下的做田人，都会留出一小块地种番薯，平时摘叶子做青菜，收成时就把番薯堆在家里的眠床下，以备不时之需。在我成长的年月，我的床下一年四季都堆满番薯，每天妈妈生火做饭时抓两个丢进炉灶底的火灰里，饭熟了，热腾腾香喷喷的焖番薯也好了。

即使是中日战争最激烈，逃空袭的那几年，番薯也没有一年歉收。

在我从前的经验里，年头真如父亲所言，不可能坏到连番薯都长不出来，推衍出来，我们知道生活里有很多的挫败，只要能挺着，天就没有绝人之路。

后来我更知道了，像"时到时担当，没米就煮番薯汤"，心里的慰安比实际的生活来得重要。只要在困难里可以坦然地活下去，就没有走不通的路，因此如何使自己的心宽广乐观地应对生活，比汲汲营营地想过好日子来得重要，归根结底乃不是米或番薯的问题，而是心的态度罢了。

"时到时担当"不仅是台湾农民在生活中提炼的智慧，也是非常吻合禅宗"当下即是""直下承担"的精神，此时此刻可以担当，就不必忧心往后的问题，因为彼此彼刻，我们也是如此承担。假如现在不能承担，对将来的忧心也都会无用而落空了。

禅的精神与生活实践的精神非常接近，是一种落实无伪的生活观。我们乡下还有一句俗话："要做牛，免惊无犁可拖。"译成普通话的意思是一个人只要肯吃苦，绝不怕没有工作，不怕不能生活。这往往是长辈用来安慰鼓励找不到工作的青年，肯把自己先放在最能承担的位置，那么还有什么可惊呢？

这句话也是令人动容的。牛马在乡下，永远是最艰苦承担的象征，不过，那最重的犁也只有牛马才能拖动。学佛者也是如此，只怕自己不能承担，何惧于无众生可度呢！这样想，就更能体会"欲为诸佛龙象，先做众生马牛"的深意了。

我们不能离开世间又想求得出离世间的智慧，因为"佛法在世间，不离世间觉，离世觅菩提，犹如求兔角"，我们要求最高的境界，只有从自己的生活、自己的周遭来承担来觉悟才有可能。

佛法中有"当位即妙""当相即道"的说法。所谓"当位即妙"，是不论何事，其位皆妙，就像良医所观，毒有毒之妙，药有药之妙。所谓"当相即道"，是说世间浅近的事相，都有深妙的道理。——世间凡事都有密意，即事而真，就看我们有没有智慧了。

"时到时担当，没米就煮番薯汤。"也应该作如是观，真到没有米必须吃番薯汤的时候，是不是也能无怨，品出番薯也有番薯的芳香，那才是真正的承担。

意外的旅客

在这个社会，我们见过许多勤快、忙碌的人，却很少见到懒人；偶尔见到懒人，也不肯自称为懒。

跟随一个旅行团到东部去，团中有一位奇特意外的旅客，他平常都是在饭店里睡觉，睡醒时如果团员还没有回来，他就坐在咖啡厅喝咖啡，状极悠闲；他有时连饭也不起来吃，理由是他要休息；他也不爱说话，有人问他，他只是微笑。

这位旅客虽然沉默、无言、微笑，但大家都无法忽视他的存在，他像一个谜，引起人们在背后谈论。

我偶尔也和他一样，坐在咖啡座里沉默、无言、相对微笑。

光是这样相对、微笑，我们就熟悉了。

有一次，我忍不住问他："你既然参加了旅行团，为什么都不出去旅行呢？"

他说："我是个懒人，要走路，不如站着；要站着，不如坐着；要坐着，不如躺着；要躺着，不如休息、睡觉。我出来旅行，那也是因为衣食住行都有人安排呀！"

在这个社会，我们见过许多勤快、忙碌的人，却很少见到懒人；偶尔见到懒人，也不肯自称为懒。然后，我们就谈起关于懒的一些观点，这位意外的旅客的见解，真令我大开眼界。

他说，懒人的两大守则，一是能不做的事就不做，例如衬衫可以买七件挂在衣橱，每天轮流穿一件，正好可以穿一星期，满一星期再从头穿一次，连穿三次，这样三星期只洗一次衬衫就可以了。鞋子则买没有鞋带的，最好是不用弯腰就可以穿的，理由是"每天弯腰绑鞋带，一生就要花多少力气？"

又例如吃东西，能吃饱就好，不必求美味，最好是在家附近的馆子吃，万不得已在家里吃，生食比熟食好；万不得已熟食，面包比面条好，面条又比米饭方便（因为米还要洗）；吃水果最好不用动刀，因此香蕉、番茄比西瓜、凤梨好。

又例如买东西，懒人最好不多买东西，买东西又花钱（花了钱还要去赚），又花时间和力气，很划不来。而且，凡是有了东西，就要保养、收拾、整理，没完没了，得不偿失。

他说："凡人为了名利情欲做了一大堆费时耗力的事，看起来就像傻瓜一样。"

懒人的第二大守则是能不记的事就不记。

所以，懒人绝对不使用电脑、传真机、行动电话这些事物，甚至也不必用电话簿，"因为多记一个人就多一些事，不必去记那些事，脑子里自然就有了空间。"

"俗人总是记东记西、牵肠挂肚、求名求利，那些在我看起来，都不如坐着休息。"他还告诉我，古来禅师所追求的最高境界，与懒都是相通的，像"春有百花秋有月，夏有凉风冬有雪。若无闲事挂心头，便是人间好时节"所讲的"闲"不就是"懒"吗？

　　这首无门慧开禅师的诗，懒人会记得还不可惊，他甚至引用了一首元朝了庵清欲禅师的诗：

　　　　闲居无事可评论，

　　　　一炷清香自得闻。

　　　　睡起有茶饥有饭，

　　　　行看流水坐看云。

　　我说："你不是说能不记的就不记吗？如何记得这么长的诗？"

　　他说："诗是自己留下来的，不算记。在这个时代不做懒人太傻了，你想想，每天的新闻都是杀人放火、贪污腐败，我们去瞎操心，气都气死了。再说，如果我们去努力赚钱，想到缴税的钱都被贪走了，实在太不值，如果人人都不赚钱纳税，贪污自然就消失了。"

　　正在这时候，导游来叫吃饭，懒人说："你看，多好，又有饭吃了。"

　　走向餐厅的路上，他说："做懒人最大的困难，就是常常要动脑筋，怎么样才可以再更懒一些！"

听了懒人的话，我一点也没有看轻他，反而自觉惭愧，觉得自己实在太忙了，忙着看"立委"打架、群众暴动，真是瞎操心。也觉得自己实在太傻了，每年缴一大堆税，让一些公务员"一时大意"地贪污了。

真是像傻瓜一样。

今后要再懒一些才好。

第三部分

万古长空，一朝风月

禅者的生活无他，只是保持在片刻的融入罢了，活在当下，活在眼前，活在现成的世界。

采更多雏菊

不可以一朝风月，

昧却万古长空；

不可以万古长空，

不明一朝风月。

——善能禅师

有一个八十五岁的年老的女人被问道："如果你必须再来一次，你要怎么生活？"

那个老女人说："如果我能够再活一次，下一次我一定对更少的事情采取严肃的态度，我一定要放松，我一定要使自己更柔软灵活，我一定敢去犯更多的错误，我一定要冒更多的险，我一定要做更多的旅行，我一定要爬更多的山，渡更多的河，我一定要吃更多的冰淇淋，吃更少的豆子……

"我是一个去到每一个地方都要带温度计、热水瓶、雨衣和降落伞的人，如果我可以再来一次，我一定要比这一生携带更轻的装备旅行……

"我是一个每天、每小时都过得很明智、很理性的人。我只享受过某些片刻，如果我要再来一遍，我一定享受更多的片刻，我一定不要其他什么东西，只要尝试那些片刻，一个接一个，而不要每天都活在未来的几年之后。

"如果我必须再活一次，我一定要在更初春就开始打赤脚，然后一直维持到深秋。我一定要跳更多的舞，我一定要坐更多的旋转木马，我一定要摘更多的雏菊。"

这是印度修行者奥修在《般若心经》里讲的一个故事，接着他做了这样的评述："尽可能尽兴地去过这个片刻，不要太理智，因为太理智导致不正常。让一些疯狂存在你心里，那会给予你生命热情，使生活更加充满朝气。让一些无理性一直存在，那会使你能够游戏，使你能够有游戏的心情，那会帮你放松。一个理智的人完全停圈在头脑里，他没有办法从头脑下来，他生活在楼顶上。你要到处都能生活，这是你的家，楼顶上，很好！一楼，非常好！地下室，也很美！到处都能生活，这是你的家。我要告诉这个年老的女人：不要等到下一次，因为下一次永远不会来临，因为你会丧失前世的记忆，同样的事情又会再度发生。"

我们在生活里通常会遇到类似的问题："如果你再活一次！" "如果再从头开始！"大部分人的经验都是充满遗憾的，希望下一生能够弥补（如果真有下一生的话），极乐世界或者天堂正因为这种弥补而得以形成。只有极少数人知道，下一世是渺茫的寄托，不如从此刻做起。这些人使我们知道世界有更活泼的风景，我就认识好几位到了老年才立志做艺术家的；我也认识几位七十岁才到小学读补校的老人。

最近，我遇到一位七十五岁的老人。他热爱旅行，他的朋友时常劝阻他，因为担心他会死在路上。他说："死在路上也是很好的事。"不久前，他到大陆旅行，生了一场大病，上吐下泻，别人又劝告他。他说："陌生的旅途，总有不可预料的事，在那里生病总比没去过好！"

每次看到这样用心生活在当下的人，都使我有甚深的感悟。

我们的生命是由许多片刻所组成的，但是我们容易在青少年时代活在未来，在中老年时代沦陷于过去。真正融入片刻，天真无伪生活的只有童年的时代了。禅者的生活无他，只是保持在片刻的融入罢了，活在当下，活在眼前，活在现成的世界。

因此，我们对生命如果还有未完成的期盼，此刻就要去融入它，不要寄望予渺茫的来生。活在一个又一个的片刻里，到死前都保有向前的姿势，只要完全融入一个纯粹天真的片刻，那也就够了。有很多人活在过去与未来的交错、预期、烦恼之中，从来没有进入过那个片刻呢！

我们来看奥修在片刻上怎么说："你不要等到下次，抓住这个片刻，这是唯一存在的时间，没有其他时间。即使你是八十五岁，你也可以开始生活，当你是八十五岁，你还会有什么损失吗？如果你春天打赤脚在沙滩上，如果你搜集雏菊，即使你死于那些事，也没什么不对。打赤脚死在沙滩上是正确的死法，为搜集雏菊而死是正确的死法，不管你是八十五岁或十五岁都没有关系，抓住这个片刻！"

季节之韵

　　一个人如果没有全身心投入于此刻的融入，真实的
发芽就变成不可能。放下一半的自我，不会是全然的自我。

　　在这冬与春的交界，有时候感觉不是一季要变为另一季，而
是每天就是一季，尤其是天气如此阴晴不定，昨天才冷得彻人，
今天就要换上夏衫，以为从此就是好日子了，明天又是一道冷锋，
悄悄地从远方袭来，这时候会想起憨山大师的一首禅诗：

　　　　世界光如水月，
　　　　身心皎若琉璃；
　　　　但见冰消涧底，
　　　　不知春上花枝。

　　春上花枝确实是一种"不知"，它仿佛是没有预告的电影，

默默地上映，镜头一瞥，就是阳光灿烂、花团锦簇了。

比较长期而固定的剧本，是百货公司打折的招牌，从八折、七折、五折、三折，忽然打到一折了，那打折的不仅是服装，而是一点一点在飘去的冬季。冬季都打到一折了，春天就要从那谷底生发出来。

百货公司彻底地打折，是一种季节的预告，也是一种欲望的牵引。其实我们冬季的衣服已经够穿，而今年再也没有机会穿，却因为打折，满足了我们对明年的冬季有一种欲望的期待，许多人因此花很便宜的价钱买下要封存整季（或者更久）的服装。表面上看来，或者今年的冬天不必再添置新装，但到了冬天，我们又会有新的欲望、新的渴求，也因此，打折是永无休止的。

对于服装的价格与美学，因为打折而被混淆了。本来我们应该选择那些精美的服饰，买上少数的几件，却往往因为贪求便宜，而买了许多品质不是很好，自己不是很喜欢的东西。由于外在环境的打折，我们对于美的要求也随之打折，心灵也跟着打折了。

其实，对于季节，或是心灵的创发，我们应该有一种决然的态度，也就是把全部的精神力投注于某一个焦点，以生命来融入，既不留意去年冬季的残雪，也不对今年的冬天做过度的期待，现在既然是春天了，与其逛街去闲置冬装，还不如脱下重装，体验一下春天的自由与阳光。因为去年的冬天已不可追回，今年的冬季则还寄放在乌何有之乡。

有一个禅的故事可以说明这样的心情：

一粒榕树的种子偶然落在地里，它对自己生命的未来感到迷惑，抬起头来看见一棵百年的榕树——它的母亲——正昂然地站立在蓝天的背景下。

种子说："妈妈，您怎么能如此伟大地站立在大地之上呢？"

榕树说："这不是伟大，只是一种自然的生长呀！我们在季节中长大，吸收雨露阳光，甚至接受狂风与闪电的考验。每一粒榕树的种子，只要健康就会长大。你也一样呀，孩子！"

种子说："可是，妈妈！为什么我一直都住在如此阴暗潮湿的土地呢？我要如何才能像您一样挺立呢？"

"首先，我的孩子，你必须要消失，把自己融入泥土里，然后发芽，变成一棵树，有一天你就能像我一样，享受蓝天、阳光与和风呀！"

"妈妈，我要先消失，这多么地可怕呀！万一我消失融入土里，没有长成一棵树，而变成一点泥土呢？这样太冒险了，还是让我保留一半是种子，一半长成树木吧！"

种子于是自己做了这样的主张，只选择了一半的消失，妈妈长叹一声。不久，那榕树的种子变成泥土，完全地消失了。

生命的成长、季节的成长也是这样子决然的。一个人如果没有全身心投入于此刻的融入，真实的发芽就变成不可能。放下一半的自我，不会是全然的自我。一株花如果不用全心来凋谢，就没有足够的养分长出树叶；一粒种子如果不全心地来消失，就不会从内在最深处长出芽来。因此，我们的生命不能打折！大慧宗杲禅师也有一首优美的诗来说这种心情：

桶底脱时大地阔，

命根断处碧潭清。

好将一点红炉雪，

散作人间照夜灯。

　　季节里年年都有冬季，人生里不也是常常面对着寒冷的冬季吗？泉自冷时冷起，峰从飞处飞来。在那无限的轮替之中，有没有一个洞然明白的观照呢？

　　人间照夜的灯火，是来自红炉中雪融的时刻。让我们以一种泰然欣赏的态度走过打折的市招，让我们知道生命的真实之道，是如实知见自己的心，没有折扣！

山水的入处

秋云秋水，

看山满目；

这里明得，

千足万足。

——法云禅师

在禅宗的公案里，最为人所熟知的是青原惟信禅师说的一段话了，他说：

老僧三十年前未参禅时，见山是山，见水是水。

及至后来，亲见知识，有个入处，见山不是山，见水不是水。

而今得个休歇处，依前见山只是山，见水只是水。

这个公案虽然不是人人知其所以然，却是人人知道并且喜欢的。原因在于公案的本身给我们一种难以说明的美感，使我们知道在这个过程中有极高深的境界，有一种"信其然"的感觉。我少年时代第一次读到这公案的感受正是如此。

为了理解这段公案，我们先来读两段诗词，可以让我们在心情上做一些准备。一是宋朝诗人蒋捷的《虞美人》：

> 少年听雨歌楼上，红烛昏罗帐。
>
> 壮年听雨客舟中，江阔云低，断雁叫西风。
>
> 而今听雨僧庐下，鬓已星星也。
>
> 悲欢离合总无情，一任阶前点滴到天明。

这是一首有名的词，它很深刻地写出了人生的苍凉与无奈。少年纵情声色，中年奔波漂泊，老年凄凉寂寞，表面上是看穿了人生的无情，其实是一种"感怀"，而不是一种"悟"。因为从少至老的三段里，诗人有非常浓重的"我执"，并没有一个超越的观点来看世界。

另一个我们要看的例子，是清末诗人王国维在《人间词话》里说的一段话，他说：

> 古今之成大事业大学问者，必经过三种之境界：
>
> "昨夜西风凋碧树，独上高楼，望尽天涯路。"此
>
> 第一境也。

"衣带渐宽终不悔，为伊消得人憔悴。"此第二境也。

"众里寻他千百度，蓦然回首，那人正在灯火阑珊处。"此第三境也。

在王国维的见解里，他认为："诗人对于宇宙人生，须入乎其内，又须出乎其外。入乎其内，故能写之；出乎其外，故能观之；入乎其内，故有生气；出乎其外，故有高致。"依此说法，他的第一种境界是没有入乎其内，第二种境界则是入乎其内，第三种境界是出乎其外。前两者是"有我之境"，后者是"无我之境"。

以王国维对诗境的评述来回观青原惟信禅师的三种山水，或可以让我们更贴近山水的精神，但它们之间仍然无法等同，王国维说的是"情境"，青原禅师说的则是"悟境"。

一般人读到青原禅师的公案时，往往忽略掉他在说完这段话时，曾以一种严肃的口吻问他的弟子们："大众，这三般见解，是同是别？"而这一句话正是公案的关键所在。

确实，在"见山是山，见水是水"与"见山只是山，见水只是水"之间有什么不同呢？

其中最大的不同应该是在一个"我"字，在第一个阶段山与水，是因为"我的理解"而看见的。我们习惯以主观的观点来看客观的世界，我是世界的重心，我习惯从我的立场、我的位置、我的想法、我的爱憎来看待这个世界。我虽然"看山是山，看水是水"，其实只是那样子看，我不能契入山水之心，我与山水是疏离的。

第二个阶段，是青原禅师说"有个入处"，也就是"悟入禅的真理"。正是体验了万物皆空，破除了"我执"，知道"我"或"山水"都只是缘起的偶存于世界，这时全然否定了从前的主观，这阶段的我虽与山水同属缘起性空，仍然有根本差异，所以"见山不是山，见水不是水"。

到了第三阶段，空不是一个纯然的客体，空进入一种圆满之状，于是山水及万物都依其本来面目展现在我们的眼前，山水的自身就是一种实在，它既不是"我的反射"，也不是"空的象征"。它只是"真山"或"真水"，如一切万物的本然，我既不在内，也不在外，因为我也是那个本然。

或者我们可以说，青原禅师的三个阶段是"观察——体验——圆满"的一个过程，这过程也即是禅悟的一般过程。当然，我们往往会认为第三阶段是最高的境界，也是一个终极，而这三阶段则是由低渐高的阶段。

其实并不尽然，因为这三个阶段是一个整体，是无法分开的，它仿佛是古代的宫门，连开三道才会到达内室，可是前两道门如果不开，永远不能走到第三道门。如果从内室出来，第三道门就成为第一道门，那么，第一道和第三道又有什么不同呢？

这令我们知解到，禅心的开发，不是向外追求，反而是在回返自己的初心，从这个观点，"见山是山，见水是水"和"见山只是山，见水只是水"并无不同，只是跨过一道否定再肯定的鸿沟罢了。另一个知解则是，万物与我融合为一，有整体性，而每一事物又各有其完全性、个性与本质，是互相无碍的，万物因此平等，而万物又各自独立。

山是山，水是水，多么的美!

山中有水，水中有山；我中有山水，山水中有我；山水可以有我或无我，我也可以有山水或没有山水。山水与我同存于天地，相融而不相碍，平等而不对立。呀!世界原是如此活泼美好。

千年柏子香

庭前的那棵长满柏树子的古柏，每一粒种子都在诉说祖师西来的消息，为什么你看不见呢？祖师西来意不存在于现象，而是存在于你的心。

站在赵州塔前，我的眼睛有点儿迷离了。

当家师点了三炷清香，我虔诚地礼拜了赵州禅师，看着香烟袅袅，感觉这一切，如梦相似。

这一座古朴的高塔有来历，赵州禅师的舍利就供奉在里面，传说还有他的衣钵。始建于公元1330年的赵州塔，已经有近七百年了。

"还有比这座塔更久的，就是居士手中的香。"师父说。

我手中的香，是用寺里的柏树制成的，这柏树是赵州禅师生前就种在寺里的。赵州禅师的生卒年是公元778年到897年，已经有一千两百年了。

怎么舍得把千年的柏树拿来制香？

师父说，赵州禅师的时代，这里叫观音院，是汉献帝建安年间就盖成的老寺院，当时寺中就遍植柏树；金朝时改名为柏林禅院；元代又改名为柏林禅寺，一直沿用到现在。

历经千年的风霜雨雪，柏树都长得很好，去年不知什么原因，一棵柏树突然枯死了。寺里的师父和信众都很伤心，决定留下柏树的精神。

找来雕刻的老师傅，把需要三人合抬的柏树根，雕成了一座庄严的古柏观音，剩下的树干树枝全部研成粉末，做成柏子香，香气古朴、清雅、幽深，远非其他的香可比拟。

我何其有幸，能用千年的香来礼敬震烁万古的禅师，我仿佛在柏香中闻见那悠悠的消息。

有弟子问赵州禅师："如何是祖师西来意？"

赵州禅师说："庭前柏树子！"

弟子又问："和尚莫将境示人！"

赵州禅师说："我不将境示人！"

弟子再问："如何是祖师西来意？"

赵州禅师说："庭前柏树子！"

呀！庭前的那棵长满柏树子的古柏，每一粒种子都在诉说祖师西来的消息，为什么你看不见呢？祖师西来意不存在于现象，而是存在于你的心。你的心里有祖师的心，看见任何事物都有祖师的消息呀！

我也因为向往祖师的消息，千里迢迢跑到河北的赵县，可幸燃了赵州香，拜了赵州塔，还随兴地在寺里讲了一场"茶禅一味"，向以"吃茶去"开启了千百年千万人智慧的赵州禅师致敬。

"文化大革命"时期，大部分的寺院都被毁了，但是，因为赵州塔留着，赵州禅师精神不朽，柏林禅寺不但没有毁坏，还盖出了从汉朝以来最巨大的寺院，一代又一代，人才辈出。

忆想"吃茶去"，参透"无门关"，思维"狗仔"还有没有佛性？看看"庭前柏树子"……赵州禅师留下了禅最深刻和美好的境界。坐在方丈室里看着赵州禅师的画像，我忍不住对当家法师说："赵州禅师还活着！"

我带了一盒千年柏子香回到台北，每次燃香，仿佛都会看见庭前的柏树子，还有赵州禅师那动人的微笑。

两只松鼠

　　我深深知道，我再也看不到那一对可爱的松鼠了，因为生命的步伐已走过，冷然无情地走过。就像远天的云，它每一刻都在改变，可是永远没有一刻相同，没有一刻是恒久的。

　　自从搬到山上来住，我最高兴的莫过于山后有两只野松鼠。

　　每天清晨，阳光刚从庭前射来，鸟儿的歌声"吱吱啾啾"地鸣动，这时我就搬了一张摇椅到庭前的花园，等待那两只野松鼠。我的园子里种了一棵高大的木瓜树，终年长满了木瓜，松鼠们总爱在阳光刚刚扑来的时候到我园子里吃木瓜。

　　才一会儿时间，两只野松鼠就头尾相衔，一高一低地从远处奔跑过来，松大的尾巴高高地晃动着。它们每天都显得那么快乐，好像一对蹦蹦跳跳的孩子，顽皮地互相追逐着，伸头进栏杆时先摇摇嘴上的长须，一跃而入，往木瓜树蹿去。

它们争先恐后地上树后，便津津有味地吃起我种的木瓜了。它们先用爪子扒开木瓜的尾部，把尖嘴伸到木瓜里面，大吃大嚼起来。木瓜子和木瓜屑霎时间就落了一地，有时它们也改换一下姿势，回头偷偷瞧我，"吱吱"连声。

吃饱了早餐，它们用前爪抹抹嘴，顺着木瓜树干滑下来，滑到一半，借力往栏杆外一跳，姿势优美到极点。两只松鼠一蹦一跳地并肩跑远，转眼间就没入长草不见了。仿佛一对天真的小孩儿吃饱了饭，急着去庙前看杂耍似的。

我在园子里看松鼠已经有一年的时间了。它们老是在我通宵工作的黎明时跑来，成为我最好的精神伙伴。有时候，木瓜不熟，它们也跑来园子里跳来跳去，奔跃嬉耍，尽兴了才离去。有时候，我会在栏杆上绑两根香蕉，看它们欢天喜地地吃香蕉，吃完了望望我，一溜烟跑了。

那两只松鼠一只黑色，一只深棕色，毛色都是光鲜柔软的，在清早的阳光下常反射出缎子一般的光泽。它们小眼珠子滴溜溜地转，尾巴翘得半天高，真是惹人怜爱。

我们相处的时日久了，它们的胆子也大了，偶尔绕到我的摇椅边来玩，穿来穿去。我作势一吓，它们便飞也似的跑开，但并不逃走，站在远远的地方观察我的动静，然后慢慢地再挨蹭过来。除非我去远地，否则我和松鼠总像信守着诺言，每日在庭前相会。这一对小夫妻看起来相当恩爱，一日不可或离。

最近一个多月的时间，松鼠不来了，使我每天黎明时刻减损了不少趣味。有时候，我会愣愣地想起它们快乐的情状。

它们到哪里去了呢？

会不会换了山头？

会不会松鼠妻子生了儿女？

过一阵子说不定带一群小松鼠来看我哩！

有时候仰望浩渺云天，会不禁想起我并不知道松鼠的家乡，我们只是在我客居的家前偶然相遇，却不知不觉生出一种奇妙的情缘，竟像日日相见的老友突然失踪，好生教人挂念——原来，相处的时候很难深知自己的情感，一别离便可以测量，即使对一只小松鼠也是这样。

前几天我在山下散步时吃了一惊，小区的守卫室前挂着一个笼子，里面赫然是那只棕色的小松鼠，它正在笼子的铁线圈里拼命地跑动，跑累了，就伏在一边休息。

我问守卫老张，松鼠是怎么来的，他用浓重的山东口音说："一个多月前捉到的。"

"为什么要捉它？"

"俺常看到松鼠在小区跑来跑去，用了一个陷阱，捉来玩玩。"

"只捉到一只吗？"

"捉到两只，另一只黑的，很漂亮，捉来一个下午就死了。"

"怎么死的？"我吓了一大跳。

"捉到之后，它在笼子里乱撞乱跳，撞得全身都流血，我看它快撞死了，宰来吃了。"

我一时间说不出话来。

在我庭前玩耍了一年的松鼠，已经被老张吃进了肚里，早就化为粪土，尸骨无存了。它的爱侣大概脾气比较驯顺，因此可以在笼中存活下来，每天在铁线圈上拼命奔跑，来娱乐别人。松鼠有知，当作何感叹？

我买下那只棕松鼠，拿到庭前把它放了。它像一支箭一样毫不回头地向前奔去，踪影一闪，跑回它原来居住的山里去了。这只痛失爱侣的松鼠，日后不知要过什么样的生活，要再遇到什么样的伴侣，我想也不敢想了。

我最关心的是，它是不是会再来玩？

等了几天，松鼠都没有来。

我孤单地在黑暗中等待黎明的阳光，再也没有松鼠来与我分享鸟声初唱的喜悦。

我深深知道，我再也看不到那一对可爱的松鼠了，因为生命的步伐已走过，冷然无情地走过。就像远天的云，它每一刻都在改变，可是永远没有一刻相同，没有一刻是恒久的。有时候我觉得很高兴，能与松鼠玩在一起，但是想念它们的时候，我更觉得岁月的白云正在急速地变换，正在随风飘过。

镜里的阳光

唯有光明的心地才能回向，黑暗的心灵是没有能力回向的，所以想回向给别人，必先使自心光明。

埃及有很多开放给人参观的古迹，由于偏处沙漠，架设电源不便，几乎都没有电灯设备，尤其是深入地底的法老王陵墓，经过几次转折，是完全漆黑的。

埃及人想出一个方法，在入口处架一面大镜把阳光折射进地洞，然后在每一个地道转折口都放一面镜子，阳光依次折射，最后竟能射进深达一千米的地底，不需要任何灯光的辅助，人就能在地层深处目视景物。由于埃及的阳光灿亮，初入的几段地道，光明有如白昼。

这种取得光源来照射地底的方法令人赞叹，多么像佛教所说的"回向"，它给我们三个大的启示：一是唯有光明的心地才能回向，黑暗的心灵是没有能力回向的，所以想回向给别人，必先使自心光明。二是佛菩萨的光明有如光耀的太阳，我们修行的人都是镜子，要把佛菩萨的光明向黑暗折射。三是借佛菩萨的慈悲力、智慧力之回向，真能使最黑暗之处带来光明，而一切菩萨之所行，无不悉数回向众生与菩提。

回向，是"回转"自己的善根功德"趣向"予众生，也就是趣向于佛果，就如同镜子一面承受佛的光明，一面投影照亮黑暗。

"止观"说："众生无善，我以善施，施众生已，正向菩提。如回声入角，响闻则远，回向为大利。"回向如把声音吹入号角，回向如把声音放入扩音喇叭，回向有如敲钟、鸣鼓、弹琴、吹笛；回向有如扬风、落雨、溪流、天籁；回向有如狮吼、海潮、慈云、慧炬。

回向，是黑暗里点一盏灯。

回向，是雪地中生一盆火。

回向，是风雨夜搭一个棚。

回向呀！是怒涛骇浪中能平静航行的法船。

回向有非常非常之美，回向也有不可思议使自己与世界一起光明的力量。

最真的梦

人要有醒来的志愿，有醒来的勇气与决心，才不会永远在梦里沉沦而不自知呀！

这个世界最真实、最深刻的梦想，就是人对于"我"的执着。

每天早晨清醒的时候，"我"就开始发挥作用了，我要吃东西、我要工作、我要上厕所。接着，我的势力范围就划定了，这车子、这房子是我的，这工作、这部属是我的，到处都是我的东西。

即使是独自一人，也很难让我们抛开"我"，行为、言语、思想到处都是我的色彩，我思故我在、我言故我在、我行动故我在，透过这些我才是真实存在着的。

到了晚上睡觉，则是"我累了，我需要休息"，夜里不能控制地做了我的梦，醒来发现一切都是虚妄的。

因为有我，活着就有很多的烦恼，要为自己的肚皮、享乐、需要服务，四处奔波，但是，"我"永远没有满足的时候。

因为有我，死亡之际有许多恐惧，一方面担心我会永远消失，另一方面则舍不下花许多力气所积聚的事物。

因为有我，得之则喜，失之则忧。

我执，是一切贪心、嗔恨、愚痴的根源。

很少很少人会思考"我"的问题，例如我是真实的吗？我的哪一部分最真实？例如我在宇宙时空中到底占什么样的位置？例如我何所从来，何所从去？

当然，"我"不可能是假的，因为我是如此真实，受伤了会痛，工作了会累，肚子饿了会难受。会哭，会笑，会欢喜，会生气。

可是，"我"也不是那么真实，我会长大、会老化，似乎没有一刻是相同与恒常的。我也时常在工作、娱乐、睡眠时沦入忘我的状态，根本忘记了我的存在。而且我知道，如果把我的皮肉、骨髓、呼吸、水分还给这个世界，我的色身失去，我的执着就不真实了。

我不会永远活在这个世界，因为人的寿命有限，我也不能例外。可是似乎我的色身离开这个世界，我也不是完全归于空无。

那么，"我是因何而生？我是因何而灭？生灭之后是否还有生灭？"是每一个有智慧的人都会问的问题，依照佛教的说法，人是从因缘而生的，在某一个时空中，由色、受、想、行、识的习气，汇聚了眼、耳、鼻、舌、身、意，假合了地、水、火、风、空就形成了我的人身，等到因缘尽了，四大毁坏，一切都归于空无，只留下在种子里的识，等待下一个因缘的会合，如此不断地成住坏空、生住异灭、生老病死，就是轮回。这也是佛教说"无始"

的原因，因缘的轮转会合，并没有一个开端。

因而可以这样说：在因缘的本质里，"我"是一个假合，可是在感觉的表相上，我是真实的。

再进一步，我们可以认识到：那时刻在变灭的眼、耳、鼻、舌、身、意，并不是真正的我，从小到大我的眼、耳、鼻、舌、身、意不知道已改变多少，可是我还是我。因此，把这些东西粉碎解散后，一定还有一个"我"在。

不只"我"是因缘所生，连一朵玫瑰花也都是的。玫瑰花若不叫玫瑰花，它也长同一个样子，也一样的香。但是在玫瑰花谢了后，我们不能说没有玫瑰，只能说玫瑰是因缘的假合。此所以玫瑰年年开，劈开玫瑰树却是一无所见。

众生不能明白"我"是假合，因此产生很多我的毛病、我的问题，例如：

我执：由于对我执着的习气长久熏习，因此对世界起差别心，这种"我执"的种子，是后世得到各种不同果报的原因。

我见：执着"我是实有"的妄想见解，使我们惑业缠身，不得解脱。

我爱：深生爱着于一己的妄执自我，是人生的根本烦恼，因为我爱，所以我贪，由于贪则深生耽着，无法超越。

我痴：一切疑惑障碍都以愚痴为前导，因此我痴是一切无明烦恼之首。"我痴"就是愚于我相或迷于无我之理的人。

我相：虽然实相的"我"是没有实体的，可是凡夫总是误认实有而执着，这种执着产生了爱我轻人的妄情，甚至发现出我的相状。

我妄想：执着于我的虚妄颠倒之心，来分别诸法之相，产生了谬误的分别，不能如实知见事物。以情生着，则成系缚；若离妄想，则无系缚。

这是多么可悲。凡夫不知道迷界的真实相，而在世间的无常里执常，在诸苦中执乐，在无我上执我，在不净处执净。颠倒妄想就是这样而生的。一个人唯有破了我见、我执、我爱、我相，才会有真实的般若，所以《金刚经》里才说："无我相、无人相、无众生相、无寿者相、无法相，亦无非法相。""如来说我者，即非是我，是名为我。"

在梦中有梦，在身外有身。我们知道夜里睡眠时的梦是不真实的，那是因为我们有醒来的时刻，若不醒来，梦则似真。我们不能体验"我"是一个梦，可能是所有梦中最真的梦，那也是因为我们没有醒来的时刻，一旦醒来，我只是一场梦！

所以，人要有醒来的志愿，有醒来的勇气与决心，才不会永远在梦里沉沦而不自知呀！

墨与金

在人生的这一幅画图里，善绘的人，笔笔都是黄金，
不会画的人，即使以金泥为墨，也不能作出好画。

带孩子去看一个绘画联展，看到一幅只画了几笔的水墨画，
孩子不解地问我：

"这画只画了几笔怎么标价十万，旁边那一幅画得又大、又满、
彩色又多，为什么只标价五万呢？"

一时使我怔在当地，我说："那是因为画这幅画的人比较有名，
当然画就比较贵了。"

"有名的人也不能这样画两三笔就交差了事呀！"孩子天真
地说。

我不知道要怎么样才能对孩子说，什么是"工笔画"、什么
是"写意画"，或者如果要谈画价订定的标准，也是说不清的，
只好说："画的价钱是由画家自己制定的，他认为自己的画值

十万，就是十万了。就像我们买一包面纸，有的卖五元，有的卖十元。"

孩子点头称是。

走出展览会场的时候，我想起从前读中国美术史，读到两个不同的派别，一个是以李思训为代表的"金碧山水"，一个是以与李思训同时代的王维为代表的"破墨山水"。

金碧山水崇尚华丽辉煌，笔格艳雅，金碧辉映，有富贵气象，作品极尽工整细润缜密富丽之能事，常常全幅着色，密不透风，有时还要用金粉银粉做颜料，到处布满泥金，所以后代的人把这一派的画风称为"挥金如土"，也叫作"北宗山水"。

破墨山水则充满了抒情的田园情调，也揉和了恬淡的诗意，被称为"南宗山水"。这一派的山水到五代的李成更为突出，他被誉为"扫千里于咫尺，写万趣于指下""峰峦林屋皆以淡墨为之，而水天空处全用粉填"。他的笔墨清淡，成名甚早，有许多王公贵族向他求画，他说："吾，儒者！粗知去就，性爱山水，弄笔自适耳，岂能奔走豪士之门与工技同处哉！"他这种爱惜笔墨的态度，被称为"惜墨如金"。

经过千年，我们回来看"墨"和"金"的关联，使我们知道，"挥金如土"和"惜墨如金"并没有高下之别，只要一幅画作得好，金碧也好，破墨也好，都有很高的价值。

我想到有一次，应朋友楚戈的安排，到台北故宫仓库去看历代馆藏的佛经。这些佛经有的用墨书写，有的研黄金为泥书写，一般人听到是黄金为泥书写，甚至有用金丝刺绣的，都会觉得价值极高，但楚戈另有卓见。他说："只要是名家笔墨，写得好，比黄金还贵重呀！"

确是如此，若以生命的绘图来看，一个人用生活的笔蘸墨汁来写生命的篇章，或是用黄金做泥来图绘生命的图像，用的材料固然不同，但只要写得好，就有高超的价值。在这个世界上，大部分人没有机会画出金碧山水，但是如果破墨泼得好，一样能绘出一幅好画。

不管人可以拥有多少东西，回归到基本的生活都是相近的，只是吃好、穿暖、居安、行健的琐事。记得被美国经济杂志评选为全世界首富的日本森建设公司董事长森泰吉郎吗？他拥有东京黄金地段的八十二幢大楼，资产现值日币二兆一千亿元，写成阿拉伯数字共有十三位数，是我们难以想象的财富。

但是，这世界第一大富翁，每星期上班三天，每天自带便当在办公室进食，认为"对不必要的东西花钱就是奢侈"。他已经八十七岁还卖力工作，不知老之将至。

记者访问他：目前最想要的东西是什么？

他诚实地说：是"时间"。

日本的经营之神松下幸之助，有一次应邀到东京大学演讲，开场白是："大家都想追求财富，但是现在我愿意用我所有的财富，和各位其中任何一位，来换取青春。"

对于有上兆金银的人，财富只是墨一样的东西，时间才是真正的黄金。

因此，"墨"与"金"是相对的，就好像生命历程所遭遇的祸福也是相对的，欢乐与苦痛是相对的，烦恼与智慧是相对的，贫与富也是相对的，善处相对之理的人，即使淡墨也能贵如黄金，不能善知相对之理的人，则黄金也如粪土。

贫富的相对，在佛经上说："知足者贫而富，不知足者富而贫。"

苦乐的相对，《贞观政要》里说："乐不可极，极乐成哀；欲不可纵，纵欲成灾。"

祸福的相对，老子说："祸兮福之所倚，福兮祸之所伏。"

淮南子说："福之为祸，祸之为福，化不可极。"

时运的相对，《警世通言》说："运去黄金失色，时来铁也生光。"

青春与黄金的相对，苏东坡的诗里说："黄金可成河可塞，只有霜鬓无由玄。"

烦恼与智慧的相对，佛经里说："烦恼即菩提。"甚且以莲花做譬喻说："高原陆地不生莲华，卑湿淤泥乃生此华。……当知一切烦恼为如来种，譬如不下巨海，不能得无价宝珠；如是不入烦恼大海，则不能得一切智宝。"

在人生的这一幅画图里，善绘的人，笔笔都是黄金，不会画的人，即使以金泥为墨，也不能作出好画。

或者是巧合吧！"挥金如土"的金碧山水叫"北宗"，与神秀禅师渐悟修行的风格一样，也叫"北宗"；"惜墨如金"的破墨山水叫"南宗"，与六祖慧能的顿悟主张一样，也叫"南宗"。不管南宗北宗，能契机随缘，都能使人在生命中有所开悟；不能契机随缘，再好的宗法也免不了错身而过，失之交臂。

在我的书桌上，写了四句座右铭：

> 痛苦是解脱的开始
> 悲哀是慈悲的开端
> 烦恼是智慧的泉源
> 无聊是伟大的起步

在痛苦、悲哀、烦恼、无聊的困局之中，我们突然有所转化、超越与领悟，就在那一刻，人生变得破墨淋漓；就在那一刻，笔落惊风雨，一笔定江山，整个人生就金碧而辉煌了；也就在那一刻，繁华落尽见真淳，春城无处不飞花了。

那"一朵忽先发，百花皆后香"的一刻呀！使我想起杜甫的《春夜喜雨》诗：

> 好雨知时节，当春乃发生。
> 随风潜入夜，润物细无声。

风筝与白云

生活在这世界的人是多么像一个风筝，我们手里拿着"名缰利索"，旁观者大喊飞呀飞呀！我们就容易忘记风筝的极限，忘记高处不胜寒，放到线断为止，就失其所终了。

很久没有去八里了，到八里去访友，吃了一惊，八里在马路开发的短短几年间改变了面貌。

朋友住在八里观音山的半山腰，是一间老旧的三合院，背山面海，站在屋前的土墩上，可以看到淡水河流入大海，忽而开阔的景况。淡水海口虽饱受污染，在远山的清晨看来，仍是蔚蓝澄明，从海面过来的阳光与和风也显得亲切温柔了。

于是，我和朋友沿着山腰的小路步行，在这优美的山野里，农人在山腰上种植了竹园、果园、槭树园，特别是去年春天才种植的槭树园，因于特殊的三叉叶，显得格外的美。

我们穿过槭树林，就到了更近海的山边，风景益显得辽阔，这时，吃惊的事发生了，差不多整个观音山山沿风景优美的地方，全被坟墓占据了，趋近一看，大部分的坟墓都是新坟，是近两年才埋进去的。沿着小路前行，看到几部挖土机正在铲平山土，准备造出新的坟墓。

那已经造好的坟墓，可以让我们看到台湾近些年真是有钱得多，坟墓是由水泥填成，有些占地将近十坪，墓碑与门槛用意大利大理石砌成的，显然造一个坟墓要花费不少的金钱。

朋友带我从每一个坟墓的正面，站在墓碑处，向海面上望去，他说："在八里山上盖的坟墓都是风水最好的，也可以说是风景最好的地方，有时站在坟碑上远望，会觉得，这么好的地方让死人住了真是很可惜。"

在我们走过的脚下的人，他们生前很可能是从来没有抬头看过天空的，也很可能没有时间和心情到海边山上散步。他们把大部分时间用来累积钱财，以便死的时候可以选一块风水好、风景优美的墓地来躺着，白天望云，夜晚看星，这真是一个很大的嘲讽。

从十里红尘搬迁到山上居住的朋友，不禁生起了感慨："我有时沿海岸散步，走过坟墓，就会想，如果把这些坟墓里的死人，装成一罐罐住在城市的大楼里，而把住在大楼的人搬到山上风水好的地方来住，不知道有多好？我觉得大城市适合死人居住，而山明水秀的园林适合活人居住，可叹的是，现在正相反过来！"

死者在深幽的山林中埋葬在风水好的地方，以便能保佑在城市里胡乱居住的子孙，是人间令人深痛的反讽。

拿什么还给世界

　　当一个人走过生命的道路，他是把自己还给宇宙。然而，活着的人为了表达哀思，却用水泥、青石、砖块来破坏自然，在死者"居住"的十坪内，不再有动物可以存活、不再能长出植物，于是，生前想尽种种方法从自然里掠夺，死后还不能做世界的养料，丝毫的利益都不肯还给世界。

　　朋友说，他曾在某一个清晨，看人在山上以铜棺厚葬，那厚重的铜棺必须由数十人来抬动，费心耗力，而每当想到几千年后那一口铜棺都还不会腐朽，还残害着山林的土地，就会令人悚然。

　　那么，到底什么样才是最自然的死亡呢？什么样的死才能维持人的尊严并对世界有益呢？我们想到，西藏人用"天葬"，把死者的遗体割下来喂鹰；印度人用"火葬"，把死者火化成灰做大地的养料；某些海岛住民则用"水葬"，把死者丢入海中喂给鱼族；印第安人和非洲人用"山葬"，临死者走到山林里躺卧而亡；中国人用"土葬"，以木棺入土，时间到了也随之化成泥土，供养了土地……不管是用什么方法，都似乎比现代人还"文明"，既能维持人的尊严，也能对世界有益。

　　亮亮[①]，我和朋友就站在坟墓罗列的山腰上，谈起了死的种种。朋友说："我觉得死了以后，最好烧成灰，拿到稻田或山林去撒，这是最纯净的方式，也是所有的动物的方式，根本不需要坟墓与

---

①亮亮为作者的儿子。——编者注

墓碑，因为有丰功伟绩的人他自然会记载在史册，平凡的人则自会活在亲友的心中。"

我说："这还不是最好的。"

生前一粒豆胜过死后一头猪

我心目中最好的方式是把人直接埋在地里，不需用棺木碑记，而在他埋入的地方种一棵他生前最喜欢的种类的大树，这样，他不但不会污染大地，身体也做了大树的养料，后世的子孙也可以凭吊他，以大树作为纪念他的标记。

谈来谈去，谈累了，我和朋友坐在一座豪华坟墓门口的石狮子上休息，想到人把墓造得如此豪侈是毫无意义的，想到台湾民间流行的一句话："生前一粒豆，胜过死后一头猪。"意思是生前对父母孝养的一粒豆，比死后杀一头猪来祭拜，要有价值得多。

想到有一次与几位朋友喝咖啡，有人就谈起现在最热门的股票，说某人一天进股票市场，出来存款就会增加一千万，说："一个早上就赚了一千万呀！"

大家都露出羡慕之情。

我也不知道自己为什么会这样说："以后就会发现，一千万也买不到一个早上呀！"

这不是泼冷水，而是实相，在俗人眼中的一千万很多，可是不要说一千万买不到一个早上，一千万连五分钟也买不到。

一千万算什么呢？前一阵子一位富豪过世，留下七百多亿的财产，子孙却为了争遗产在灵堂大声叫骂，甚至阻止自己的亲生父亲去出殡。这位父亲生前含辛茹苦、艰忍奋斗，自己过着俭朴的生活，积下富可敌国的家业，却在死后不能安宁，他在地下有知，一定后悔赚这么多钱，如果什么都没留下，子孙可能还更孝顺呢！

钱财多，烦恼也多，如果求财求富不知节制，就会沦入"福大业亦大"的局面，到最后就失去人生的乐趣了。

一千万也换不到一秒钟

孝养父母是"生前一粒豆，胜过死后一头猪"，对自己的生命也是如此，留下了庞大的家财、建造华丽的墓园，还不如生前能思索生命的意义，把所得的财富拿出来造福社会——我们生前供养社会一粒豆，胜过死后子孙给我们拜一头猪。

台湾的生活品质所以这么低落，是不可遏止的贪所造成的结果，有钱人忙着把自己的荷包塞饱，很少人能做人文事业、医疗事业、教育事业、艺术事业，乃至一切对这社会有益的事业，大家吝于把得之社会的钱用之于社会，生活的品质是永远不可能提高的。

可怜悯的是，慷慨讲义的人同样过一生，而贪鄙悭吝的人也是过一生。一千万亿也买不到秒针跳过的一格，一早上赚一千万以为是赚到了，若从千万亿买不到一秒钟看来，是彻底的赔本生意。

趁着我们的脑筋还灵敏、身体还健康，让我们多做一些于人群社会有益的事吧！否则到头来，弄个最豪华的坟墓，也不能安心地离开；万一弄得子孙失和、财迷心窍，就是人间的大悲剧了。就像我坐在坟前看那些有钱人盖的风水好的墓，就有一种悲情：一个人如果至死不悟，赚得全世界又有何用？

与朋友从墓园区走出来，正看到一群孩子在山路上放风筝，只有一个孩子有风筝，其他孩子都叫着："再放！再放！"风筝一直飞高、飞高，放到底的时候，不知道为什么，风筝线突然"啪嗒"一声断了，风筝往白云的方向飞去，终于到最后什么都看不见了。

孩子们怅然若有所思地看着远方。

亲爱的亮亮，我想到，生活在这世界的人是多么像一个风筝，我们手里拿着"名缰利索"，旁观者大喊飞呀飞呀！我们就容易忘记风筝的极限，忘记高处不胜寒，放到线断为止，就失其所终了。

风筝到底不是白云，人生也是非常有限，钱财有限、福报有限、时间更有限，与其拉着名利的绳子随风上下、七上八下，还不如做一朵不受索绊的白云，优哉游哉，优美地横过天空。

亮亮，让我们少想贪得世界的钱财！让我们多想想生命的价值、意义与归向吧！这关键性的问题，生前比死后重要得多！

新年新心新欢喜

不论旧的一年多么不堪，我们在新年伊始，也不应该怀忧丧志，而是有新的喜心，来展望万象的更新，体会到"森罗万象许峥嵘"的更深的含义！

除夕的下午，在老家帮忙打扫，等一切都弄妥当了，妈妈突然想起来还需要两副春联，便叫弟弟到街上去买，弟弟临出门前，她想了一下，说："和你二哥一起去，他的学问较饱，拣两副较欢喜的回来。"

我便和小弟一起到街上的春联铺去。春联铺是佛具店老板兼营的，因为他写得一手好字，几十年来在过年的时候就兼卖春联了。

我从未买过春联，于是问了一下价钱，老板说："有描金的七十元，没有描金的五十元。"算起来也不便宜，我想到以前的三合院旧家，每一个门口需要一副春联，前前后后加起来十几副，如果现在买的话，光是春联就要花一千元了。

在春联铺子，我们前前后后找了半天，只剩下给生意人贴的春联，老板说其他的春联都被挑走了。我说："可不可以帮我们写两副呢？"

"不行，现在的春联都是用油纸，四五天前写才会干，明天就是初一，现在不能写了。"

我看看那些写在春联上的句子，都是一些老掉牙的句子，而且书写春联的人，字虽然四平八稳，却很公式化，和春联上的句子一样保守。我对弟弟说："我们自己来写春联吧！"

花了二十元买一大张红纸，向侄儿借用毛笔和墨汁，我自己写了两副对子，一副是：

旧情旧事旧感怀
新年新心新欢喜

写好之后，才想到需要一个横批，便写了四个字"怀旧创新"，因为觉得"除旧布新"虽好，不如怀念旧事物，开创新局面来得好。旧事物中有许多好的部分值得怀念，那些坏的部分则可以给我们新的教训，也不可忽视。

另一副春联是：

秋花秋月人间无价
春风春雨天地有情

横批是"大地回春"。虽说大地春回，大家都沐浴在欢喜之中，却很容易忽略掉，春天是很容易过去的，到了秋天，我们是不是也能有喜悦的心来看人间的万象呢？

我很久没有用毛笔写字了，写得没有从前好，不过自己把标准降低，只求风格，不求完美，看了也十分满意。孩子们看了我写的春联，都拍手欢呼。

在贴春联的时候，我想到从前的人贴春联，除了吉祥喜庆的含意，也可以说是"一年之计"，是在为自己新的一年祈祷和立志，生意人给自己的立志是"生意兴隆通四海，财源茂盛达三江"；农夫的愿望是"风调雨顺，国泰民安"；读书人的祈求是"忠厚传家远，诗书继世长"；而不管是什么行业的人，都希望能"有福""有春""新禧""招财进宝"，都是对未来怀抱无限的希望。

不论旧的一年多么不堪，我们在新年伊始，也不应该怀忧丧志，而是有新的喜心，来展望万象的更新，体会到"森罗万象许峥嵘"的更深的含义！

可叹的是，贴春联的旧俗已经没落，还在贴春联的人则去买现成的来虚应一番，已经很少人在新年时做祈愿了。

第四部分

心里藏龙卧虎

命运中的不幸与困苦，确是无奈而逼人的，可是与其呼天抢地、哀号滚动，还不如静静地注视那压来的石头，正如要使混浊的泥水澄清，最好的方法就是平静不动。平静不动不是屈服或顺从，而是放开胸怀来看待，因为胸怀无限地放开，便能无限地接纳，便能得到空性的自由。

盖世神功

我们这个社会缺少很多的基本功，都希望一下子能神功盖世，偏偏那些盖世神功都不是一蹴而就的，我们愿不愿意都站在自己的位置，好好来练练基本功呢？

坐上一部出租车，司机长得十分魁梧，面貌堂堂，声如洪钟，在前座仪表架上摆了一张照片，是他裸露上身，露出结实肌肉的相片，就好像我们时常在健美比赛看见的一样。

"您是练健美的？"我忍不住问他。

他说："不是，我是练气功的。"

"您的身体可真健壮呀！"

出租车司机打开前座的置物箱，拿出一沓照片给我看，说："这是五年前的我，可以说全身是病，因为整天开车，缺乏运动，加上抽烟喝酒，弄得五脏六腑都坏掉了，每天有气无力，有时开车开到一半就睡着了。"

我看着他从前的照片，果然面黄肌瘦，与我眼前的这一位大汉，简直判若两人。在照片后面是一大沓各大医院的挂号证，算一算，一共有十七张各种病号的挂号证。

"我的一位朋友，看我快不行了，介绍我去练功，那时我自己也觉得如果不彻底改革身体，我就完了，于是开始去练气功。"

为了练功，这位司机朋友每天规定自己只做八小时的生意，其他时间都用来练功。

"可是，一拜了师傅之后，师傅不教我练气功，他说一个人要练功，先要做的是四件事，一是生活要正常，睡眠要充足；二是要注意饮食，不吃太油、太辣、太咸、太甜的食物，只能吃清淡食物；三是运动量要充足，每天至少有一小时的慢跑、游泳、打球等；四是不能抽烟喝酒。如果这四点做不到，他就不教我气功了。"

出租车司机彻底改变了生活，据他说，不到几个月，身体就已经很棒了，他说："不可思议，就好像回到我刚服兵役的时候。然后我开始练气功，到现在五年了，我就好像换了一个人，气功真的很有效。"

我说："其实不一定是练气功，一个人如果生活正常、饮食清淡、运动充足、不烟不酒，不必练什么功，身体也可以保持在很好的状态。气功，只不过是把这种好状态提升到更精纯的境地罢了。"

司机表示同意，接下来不出我的预料，他开始向我推荐他师傅那神奇的气功，说是全年学费要两万元，只要报他的名字就可以打七折，并且会得到"师父"秘密心法的传授。

幸好，我的目的地很快就到了。

下了车，我仔细思索那位练气功的司机所说的话，这也正是现今社会上普遍存在的问题，大家都相信有某一种秘密的"神功"，可以彻底改变我们身上的体质，却不知道改变体质最重要的是睡眠、饮食、运动等基础的东西。

推而广之，改变教育体制的秘方，不是"教育部"有什么新政策，而是中小学里有没有用心的老师，从事教育的人有没有更充足的爱心，愿不愿意以全副身心的力量来启发学生。

改变治安体制的秘方，不是什么扫黑扫黄雷霆行动，而是警政单位执行公务的人，能不能不贪污、不欺压人民、不强暴民女，具有充分的道德与良知，真正代表正义的一方。

改变文化品质的秘方，不是什么单一的展览、表演，或介寿堂音乐会，而是落实的人文教育，让人有真正的美的向往，有生活提升的渴望。

改变经济体制的秘方，不在股市或房地产或特殊指标，而在于台湾当局是不是有诚心缩短贫富差距，愿意真心维护大众的利益。

我们这个社会缺少很多的基本功，都希望一下子能神功盖世，偏偏那些盖世神功都不是一蹴而就的，我们愿不愿意都站在自己的位置，好好来练练基本功呢？

从最基本的功架练起，即使神功没有练成，至少对自己、对社会国家，都是有所增益的。

柔软心是人间净土的希望

因为它柔软，但是这种柔软并非拒绝风雨才不会被打断，而是它不畏风雨，它不但不怕风雨，还可将风雨转化成养料、智慧、慈悲，更加努力地生长。

我住在乡下，经常心存感恩，因为基本上我是一个容易害羞的人，我很怕在路上或百货公司被人认出来，我很希望自然又自在地活在众生里面，而我住在乡下，从来没有人觉得我有何特别之处。我去工厂参观，被误为工人；去买水果，也被认为是水果摊老板；我经常带着孩子到河边捡石头，有些钓客便取笑我："憨猴才捡石头。"有时候，我会到庙里去拜佛，拜完之后就起来走走，看看庙的建筑，有一次，一位阿姨把我叫过去说："少年仔，过来一下。"我走了过去，她严肃地说："你这么少年，一天到晚在外面乱逛，不要四处玩，回家要多念阿弥陀佛。"我听了好感动，那天为这个阿姨多念了好几次"阿弥陀佛"。

佛教有一副伟大的对联："欲为诸佛龙象，先做众生马牛。"意思是我们要做佛门的龙象，就要先做众生的牛和马，才能使菩萨行得到落实。所以，一个人要超越广大、慈悲、敏感，并非要远离众生，而是要真实地进入众生里面，让他们不知道我们是一个修行者，如此才能随顺众生。一个有柔软心的人从来不苛求众生，因为众生如果可以被苛求、有智慧、能觉悟，现在早已经是一个菩萨了，不会还是一个众生。我们应该用这样的观点来看众生，并且用这种观点时时反观自己，因为我还有缺憾，所以现在还在这个世界上，我要努力使自己很快完成缺憾，使自己圆满，并且忍辱柔和，身心自在俱足。

　　柔软心是佛教里智慧、觉悟、菩提、慈悲、愿力的总集成。一个人如果有柔软心，修行就没有问题，所谓的"阿耨多罗三藐三菩提心"就是菩提心，所谓证得"阿耨多罗三藐三菩提"就是证得一个光明、柔软、无二、没有分别的佛性。

　　一个人如果能够柔软，求佛道的过程就不容易被折断。像观世音菩萨手里拿的杨枝、河边的柳条、地上的青草都不容易被折断，为什么？因为它柔软，但是这种柔软并非拒绝风雨才不会被打断，而是它不畏风雨，它不但不怕风雨，还可将风雨转化成养料、智慧、慈悲，更加努力地生长。

　　我们看到鱼网都很柔软，却很强韧，才能网住每一条鱼。如果我们的心能像鱼网那么柔软和强韧，就可以抓住生命里的每一个悟，不会错过开悟的时机。

　　其实每一个人开悟的时机都一样，之所以不能开悟，无非因为不能抓住那个悟，如何才能抓住呢？就是柔软。我们晓得"滴水穿石"，如果我们能像水那般柔软，虽然渺小，也可穿越重重障碍，得到佛法的真实意。

一个人有柔软心，这个世界就多了一丝希望，也更能多一丝接近净土。经典告诉我们："娑婆世界是释迦牟尼佛的净土，也就是释迦牟尼的极乐世界。"遗憾的是，我们却把佛陀的净土搞成现在这个样子，所以，我们一定要努力地发愿、实践，使自己柔软，使这个世界清净，让我们生存的这个世界有一天可以成为真正的净土，成为他方国土众生所渴求、要往生的净土。

希望我们大家一起来努力，锻炼自己的柔软心，使这个世界清净，才不会辱没我们的释迦牟尼佛。

观大人，则藐之

识大体的就是大人，不识大体的便是小人。大体者，心思礼义；小体者，纵恣情欲。

在路边，看到两个孩子在争吵，一个说："你上次答应我了，不可以黄牛，我要你现在再说一次。"

"不跟你玩了，你们都事先讲好了，合起来欺负我。"

两个孩子都嘟着嘴，很生气的样子。

两个孩子在玩家家酒，一个突然翻脸了："不来了，不来了，我是客人哩！玩具都不借给人家。"

"不借就不借，客人有什么了不起。"

第三个孩子插嘴说："做客人也不能抢人家的玩具呀！"

翻脸的孩子更生气："你是谁？你是什么东西？这里没有你说话的份儿！"

另外两个孩子在玩捉迷藏。

一个孩子做了很多规定："要数到一百才可以睁开眼睛，那边的树林不能躲……"

一个孩子说："不行，天下至广，我爱躲在哪里就躲在哪里。"

"那我不跟你玩了。"

"这次不玩，下次再来玩，打钩钩，你不能说了不算数！"

如果你以为我真的是在写孩子，那就错了，我写的是前一阵子李先生接见"委员"的情景。当我们把一个人的权位都拿开的时候，听他们说的话，其实和小孩子没有什么两样，有时候，比小孩子还要孩子气。什么是孩子气？就是斗气、怄气、闹意气，令大人看了啼笑皆非。

这往好处看来，是孟子说的："大人者，不失其赤子之心也！"（伟大的人物，都不失其孩子气。）往坏处说，有一位公都子问孟子："钧是人也，或为大人，或为小人，何也？"孟子说："从其大体为大人，从其小体为小人。"（识大体的就是大人，不识大体的便是小人。大体者，心思礼义；小体者，纵恣情欲。）

政治人物也是凡夫俗子，这是民主社会最可贵的观点；政治人物偶有小体、小格局之弊，也是人情之常，从前那种"天纵英明""万世明灯""关怀眼神"的时代已经远去了。

曾经看克林顿总统的就职晚会，克林顿每看到一位艺人都起立致敬，充分表现了政治人物尊敬各行各业的风范，值得所有的政治人物学习。

我们看政治人物的格局，也宜于从人的立场来看，当他的权位抽离之后，人的品质如何才是最要紧的。

孟子说得很好：“说大人，则藐之，勿视其巍巍然。堂高数仞，榱题数尺，我得志弗为也。食前方丈，侍妾数百人，我得志弗为也。般乐饮酒，驱骋田猎，后车千乘，我得志弗为也。在彼者，皆我所不为也；在我者，皆古之制也。吾何畏彼哉！”

向权位者进言，就要藐视他，不要看他那么崇高。堂阶两三丈高，梁柱几尺粗，我一旦得志，不屑这样做。食品摆满一丈，姬妾数百人，我一旦得志，不屑这样做。饮酒作乐，驰骋打猎（打高尔夫），随从的车千辆，我一旦得志，不屑这样做！他做的都是我不屑做的，我做的都合乎先贤的礼法，我何必怕他呢？

达摩茶杯

忙乱的生活如此燥热，没有清凉的茶无以消火解渴；烦恼的生命如此焦渴，缺少一杯法雨甘露，生命的长途就更郁闷难耐了。

在日本买了一个枣红色的杯子，外面的釉彩是绿色、蓝色与黄色绘成的达摩祖师像。日本的达摩造形比较不像印度人，而像一个没有种族特征的孩子，圆墩墩的，带着无邪的笑意。

我不仅在茶杯上看见这样的达摩，也在灯笼上看过，在酒壶酒杯上看过，甚至在不倒翁、玩偶和面具上看过。

达摩祖师几乎已经成为日本人的图腾，甚至彻底日本化了。日本人大概是最崇拜达摩的民族了，在达摩的出生地印度，早已没有人知道达摩这一号人物。在达摩后半生游化的中国，虽然也敬仰达摩，但也没有到无所不在的地步。

我曾在台北的中山北路艺品店看过许多达摩的画像，也曾在苗栗的三义乡看过许多达摩的雕刻，大陆的石弯陶也有许多达摩作品。初始，我以为中国人总算没有忘了达摩，后来才知道，那些作品绝大部分是为日本观光客做的。

不只达摩，像以寒山、拾得为画像的"和合二仙"在日本也很流行。像布袋和尚，我们把他当成弥勒佛，在日本他却是七福神，是民间祭祀的对象。

在日本，达摩祖师如此风行，在中国，为什么反而日渐被漠视呢？我们在禅风大起的时代，要如何来看待达摩祖师呢？

读过日本茶道书籍的人，都知道日本茶道开宗明义的第一章便与达摩祖师有关。传说菩提达摩在少林寺面壁九年期间，因为追求无上觉悟心切，夜里不倒单，也不合眼。由于过度疲劳，眼皮沉重得撑不开，最后他毅然把眼皮撕下来，丢在地上。就在达摩丢弃眼皮的地方，长出叶子翠绿的矮树丛（树叶就像眼睛的形状，两边的锯齿像睫毛）。那些在达摩座下寻求开悟的徒弟，也面临眼皮撑不开的情况，有的徒弟就摘下一片又绿又亮的叶子咀嚼，顿时精神百倍。于是，人们就把"达摩的眼皮"采下来咀嚼或泡水，产生一种奇妙的灵药，使他们可以更容易保持觉醒状态——这就是茶的来源。

这个传说之所以在日本流行，首先是因为日本人的武士道性格决然，他们曾以"想睡觉了就把眼皮撕下来"为手段来达成目的。可是中国的祖师是反对"吃时不肯吃，百般需索；睡时不肯睡，千般计较"的，主张"吃饭时吃饭，睡觉时睡觉"比较合乎禅的精神。

其次，日本人认为达摩面壁九年，是在寻求无上正觉。从史实来看,达摩来中国时已经正觉,他是来寻找"一个不受人惑的人",也就是来度化有缘人的。少林寺的九年面壁,只不过是期待合适的弟子予以教化罢了。

因于"达摩的眼皮"的传说,把达摩的相绘在茶壶、茶杯上,给了我们一个觉醒的启示:喝茶不只在解除口舌上的热渴,也要有一个觉醒的心来解除人生烦恼的热渴。

达摩被我们视为"禅宗初祖",他的名声虽大,他的思想却很少人知道。根据学者的研究考证,达摩真正的思想所在,应该最接近后世流传的"二入四行论"。

"二入"是从两种方法进入禅悟:一是"理入",就是要勤于教理地思考,认识教理,解除生命的盲点,然后才能舍伪归真;二是"行入",就是以生命来实践,以佛的教义实际地履行,除去爱憎情欲,以进入禅法。

这就是"不受人惑"的入门呀!

以达摩祖师之教化,后世禅宗分为"贵见地不贵行履"和"贵行履不贵见地",实际上都有违祖师教化,走入极端了。

见地是为了提升境界,实践是为了印证境界,前者是未登山顶而知道山顶有好风光,后者是一步一步地登山,一定要爬上山顶的时候,才能同时汇流,豁然贯通!

"四行"是体验修证佛道的四种具体的行法,即"报冤行""随缘行""无所求行""称法行"。

"报冤行"是指我们所遇到的一切苦难,都是从前恶缘汇集的结果,故当无所埋怨地承受。"随缘行"是指我们所遇到的一切喜庆成就，乃是从前善缘的成果，故应无所执着骄满。

"无所求行"是指世人由于有所贪求，才会迷惑不安，如果能无所求，就能无所愿乐、万有皆空、安心无为、顺道而行了。"称法行"，是明白本性清净才是究竟的法，所以在世间一切法上，无染无着、无此无彼，虽然自利利他，也能安住于空法。

达摩祖师的"二入四行论"可以说是禅宗根本的理趣所在，如果能从此进入，就可以安心于道了。达摩祖师曾对两位弟子慧可、道育说过一段重要的话：

令如是安心，如是发行，如是顺物，如是方便，此是大乘安心之法，令无错谬。如是安心者壁观，如是发行者四行，如是顺物者防护讥嫌，如是方便者遣其不着。

达摩祖师的"二入四行"，简单地说，禅的修行是从"有意"超入"无心"。"无心"即是本性清净的意思，在本性清净的大原则下，一个人有多少执着，就含有多少束缚，减少束缚的方法，就是去化解执着——在见地上化解，在实践中化解，在行止里化解，到了解无可解、化无可化之境，心也就清净了。

一切生活中的事物，不都可用"二入四行"来给予直观吗？即使微细如喝茶这样的小事，在直观中，也能使我们身心提升到清净之处呀！

我喜欢日本茶道的四个最高境界，叫作"和敬清寂"，"和"是"心存平和"，"敬"是"心存感恩"，"清"是"内在坦荡"，

"寂"是"烦恼平息"。

"和"是"报冤行"，即使是生命中最大的困顿，也能与之处于和谐的状态。

"敬"是"随缘行"，感恩那些使我能随顺生活的事物和人，对它们有崇仰之想。

"清"是"无所求行"，是内心永远晴空万里，有亮丽的阳光，无所贪求和企图。

"寂"是"称法行"，是止息一切波动，安住于平静。

"和敬清寂"不是呆板的，而是活泼的，就像火炉里的木炭经过热烈的燃烧，保留了火的热暖，而不再有火的形貌。人在烦恼烈焰之中亦如是——燃烧过后，和合相敬，清朗静寂，但不失去智慧的光芒与慈悲的温暖。

我在用绘有达摩祖师的茶杯喝茶的时候，时常想起他的一首偈：

亦不观恶而生嫌，

亦不观善而勤措，

亦不舍智而近愚，

亦不抛迷而求悟。

我把它试着译成白话为：不必看到坏的人事就生起嫌恶的心，不必看到好的事功就生起企图的心，不必舍弃智慧而去靠近愚痴的景况，也不必抛弃散乱的生活去追求悟的境界！

也就是说，如果手里有一杯茶，就好好地来喝一杯吧！品味手上的这一杯，不必管它是乌龙，还是铁观音，也不必管它是怎么来到我手上的。如果遇见人生的情境，不必管它是好是坏，不必管它怎么独独落在我的头上，坦然地饮下这一杯苦汁或乐水吧！

如果手上还没有茶，那么来煮一壶水，把水烧开了，抓一把茶叶，准备喝一杯吧！忙乱的生活如此燥热，没有清凉的茶无以消火解渴；烦恼的生命如此焦渴，缺少一杯法雨甘露，生命的长途就更郁闷难耐了。

我手上的达摩茶杯，很愿意借给有缘的人！

只手之声

当一个社会懂得互相敬服和谦和时，表示这个社会比较文明，其民主也较扎实，因为文明或者民主，是从尊重他人开始的。

更大的宽容

日本禅宗史上有一位盘珪永琢禅师，他是临济宗的传承人，曾留下几则有关人情义理的公案，我非常喜欢，特别是在人心纷乱、义理不明的时代读起来，更是有如醍醐灌顶。

盘珪禅师的法席很盛，每当他主持禅七的时候，各地的禅修者都不远千里来参加。他来者不拒，因此其中就免不了有一些杂乱的分子。

在一次禅修会上，一名弟子行窃，当场被捉到了。其他人立刻去向盘珪报告，并请求禅师把这名弟子逐出去，因为大家都觉得犯偷窃罪的人没有资格修行的。

但是，盘珪不予理会，只叫大家继续用功。

过了不久，那位弟子偷盗的病复发了，不幸又被当场捉到，大家又请求盘珪，只有将犯人逐出，才能安心修道。但是，盘珪还是没有行动，只叫大家继续用功。

其他弟子大为不服，认为师父是非不明，因此联署签名上了一纸"陈情书"，强调如果不将犯偷窃罪的弟子逐出山门，他们就要集体下山，不再跟盘珪学习。

盘珪读了"陈情书"，把所有人都召集起来，对大家说："你们都是明辨是非的师兄，已经知道什么是对的、什么是错的，只要你们喜欢，到任何地方都可以修行。但是，这位偷盗的师弟甚至连是非都不能分辨，如果我不教他，谁来教他？我要把他留在这里，即使你们全部离开。"

盘珪说完后，那位犯偷盗的弟子立刻流下眼泪，得到了彻底的净化，偷窃的冲动从此消失。

那些本来要离开的弟子也深受感动，又一次领会了慈悲与宽容的要旨。

我想，特别是在急躁的人群里，只有拥有更大的慈悲、更多的宽容，才能有所改变。如果人人都充满了对立、抗争、嗔视，那么，不仅不会使环境改善，反而会增加社会的恶质化。

对人的敬服

由于盘珪广大的心量，来受教的人更多了，不仅学禅的人来参学，社会各阶层，甚至各宗派的信徒都来受教。

他的信徒愈来愈多，结果激怒了许多有嗔恨心的法师，特别是一位日莲宗的法师，因为他的弟子都跑到盘珪座下习禅去了。这位法师很不服气，决定到盘珪说法的地方，公开辩论，一决雌雄，甚至要给盘珪难堪。

当盘珪讲经的时候，那位法师突然从人群中站起来："喂，等一下！你说了那么多，一般人可能会敬服你。但是，像我这么有智慧的人就不服你，你能使我敬服你吗？"

"到我这边来，让我做给你看。"盘珪平静地说。

日莲宗的法师昂然地推开人群，走到盘珪的座前。

"到我左边来。"盘珪微笑着说。

法师走到他的左边。

"嗯，不对，"盘珪说，"你到右边来，这样也许好谈些，请到这边来。"

法师傲然地从左边走到右边。

"你瞧，"盘珪说，"你已经敬服我了，我想你是一位非常谦和的人，现在，坐下来听道吧！"

我想，在民主社会，最难的大概就是"敬服"和"谦和"吧！许多人对上不懂得敬服父母、长辈、上司，对下也不知道谦和地对待子女、晚辈、部属，这两者做不到，对平辈当然也就不会敬服和谦和了。其实，对别人敬服，并不会降低自己的价值；对别人谦和，也不会失去自己的权威呀！

当一个社会懂得互相敬服和谦和时，表示这个社会比较文明，其民主也较扎实，因为文明或者民主，是从尊重他人开始的。

真正的本性

有一位禅僧来求教盘珪禅师："弟子生来脾气暴躁，难以遏制，究竟该如何对治？"

"这倒是非常奇怪。"盘珪说，"让我看看那是什么？"

"我现在没办法拿出来给你看。"禅僧回答说。

"什么时候可以给我看？"盘珪说。

"它来时不可预料。"禅僧答道。

"那么，可见它不是你的真正本性，否则的话，你应该随时可以指出来给我看。你并非生来就有它，你的父母也没有把它传给你，好好地想想！"

一个人会败坏，或一个城市会混乱，通常都不是"生来如此"，而是经过长期的习气的熏染。

我们可以想想，二十年前，台湾是多么有人情味的地方，治安之平靖在全世界都很有名。而三十年前，台北的空气还很清净，交通也很有序呀！几乎只是一转眼之间，我们都感觉到好像台北"生来"就是道路脏乱、空气污黑、人性暴虐的，而台湾人"生来"几乎就是暴发的、贪婪的、没有公德心的。

其实，这些都不是天生的。

全社会的爱

我们今天在忧心台湾社会的时候，很少思考到社会是一个整体，许多事不会单独发生，也不会突然发生或偶然发生，就像一个番薯的腐败，是整个番薯的事情。

我曾听过一个研究食品营养的专家说过，一个番薯如果腐烂，一般人通常把烂的部分切掉，好的部分煮来吃。这是一个错误的方法，因为番薯如果部分腐烂，完好的部分会产生抵抗腐烂处霉菌的抗体，反而是毒素最多的地方。

专家说："把好的部分丢掉，把腐烂的地方煮来吃，反而还安全一些。"

一个社会的组成者是人，只有人会腐败，社会并不会腐败，所以今天要挽救社会，首要是挽救人的品质，只有人懂得宽容、敬重、谦和，社会才能得到改变啊！

禅宗有一个公案叫作"只手之声"，就是禅师举示说："我们都可以听到两手拍掌的声音，这不稀奇，让我们来听听只手之声吧！"

一只手怎么会有声音呢？

大部分参学的人因此走入了迷途。

这个公案的原始精神是"通身是手眼"，也即是"千手千眼"，不只是一只手会有声音，一只眼也是有声音的。因为手不是独自存在，眼也不可能单独使用，它们是整个心智与人格的展现。

因此，全社会注重情感与伦理的线索，就是要从"我"开始来重视情感与伦理。

全社会的爱，由我开始。

全社会的品质，由我的手、我的眼、我的心开始！这就是全社会的"只手之声"，你听见了吗？

如果没有明天

不是风兮不是幡，
白云尽处是青山；
可怜无限英雄汉，
开眼堂堂入死关。

——华藏善净禅师

　　我到一个朋友家里，看见他书房的架子上摆了十几册精装的日记本，立时令我肃然起敬，我一向赞佩那些有毅力和恒心写日记的人，于是对朋友赞美说：

　　"没想到你写了十几年日记呀！"

　　他很害羞地笑着说："这么多的日记本，没有一本写超过七天的！"

　　"怎么会呢？"

　　朋友告诉我，他在少年时代读一些伟人传记，发现许多伟大人物都有写日记的习惯，他便在心里想：虽然不一定成为伟大人物，也要养成写日记的习惯。因此到书局去挑一本印刷精美的日记本，写将起来，第一年只写了七天，就没有再往下写了。

原因呢？

朋友说："说太忙，实在是一种借口。其实，是觉得生活这样单调、空洞、乏味，每天都在重复着，到底还有什么好写呢？从前不写日记，不知道生活如此单调，开始写日记时才发现了。"

第一年没有写成日记的朋友，内心非常懊悔，因而发誓第二年再买一本来写，第二年只写了五天，后来每况愈下，最近这几年，一到过年的时候，到书店去买一本精装的日记，聊表纪念，摆在书架上，偶尔看起来，想到从前也曾是一个立志想写日记的人。

告辞朋友出来，走在严冬寒冷的夜街上，使我非常感慨，常觉得生活单调、空洞、乏味的恐怕不只是我的朋友吧！特别是生活在都市，忙碌旋转着的人，我们每天打开行程表几乎都排得满满的，到东边转转，西边转转，等到转回家时，通常是筋疲力尽，没有深思的力气了，随着外在事物转动着的人，如何能看到生活的不同呢？

其实，日子怎么会每天一样？我们今天比昨天成长一些，今天比昨天更接近死亡一步，今天比昨天多看了一天的世界，怎么会一样？世界也是日日不同的，有时会有飞机撞山，有时会有坦克车压人，有时地震灾变，有时冰雪凌人，甚至就在短短的几天，有几个政府就被推翻而改变了，日子怎么会一样呢？

感到日子没有变化，可能是来自生活的不能专注、不肯承担，因此就会失去对今天、甚至当时当刻的把握了，可悲的是，不能专注把握此刻的人，也肯定是不能把握将来的。

有一次，我在市场买甘蔗，卖甘蔗的人看来是充满智慧的人，他边削甘蔗边对我说："这个世界什么事情都可能发生，光说一个死好了，我这把年纪亲眼看见的就有很多大家觉得不可能的事。我看见过人笑死的，狂欢大笑，下一声笑不上来，就断气了。我也看过人哭死的，躺在地上哭，哭着哭着没声音了，伸手去摸，心脏已经停了。我看过父亲开车碾死儿子的，也看过儿子用车撞死父亲的。我看过打麻将自摸死的，也看过打麻将被别人胡了气死的……"

老人说得起劲，旁边的人听得都笑了，他突然严肃地说："不要笑，人生的变化是莫测的，各位看我在这里削甘蔗，说说笑笑，说不定今天晚上我回家躺下来睡觉，明天就起不来了。"

人群里突然冒出一个声音："既然不知道明天能不能起来，今天又何必来卖甘蔗呢？"

"呀！少年家，你没听人说过'一日不作，一日不食'吗？就是明知明天不能再活在这个世间，今天也要好好地削甘蔗，如果没有明天，难道我们就要躺着等死吗？"

这段话说得让人肃然起敬，只有今天能专注、努力、好好削甘蔗的人，才能尝到生命中真实的甜蜜吧！写日记也是如此，它是在训练培养我们对此时此地的注视，若不是这样深入的注视，日记只是语言的陈述，有什么意思呢？

有一位和尚去问赵州禅师：

“师父，什么是你最重要的一句格言？”

赵州说："我连半句格言也没有，不要说一句了。"

和尚又问："你不是在这里做方丈吗？"

赵州立刻说："是呀！做方丈的是我，不是格言。"

这使我们体会真正的生命风格，是对现今的专注，而不是去描述它。

有一位和尚去问百丈怀海禅师：

“师父，世界上最奇妙的事是什么？”

百丈说："那就是我独坐在大雄峰上。"

真的很奇妙，每个人都独坐在大雄峰上，只是很少人看见或体验这种奇妙。

如果我在这世上没有明天，这是禅者的用心，一个人唯有放下现在心、过去心、未来心，才会有真切的承担呀！

五月明

过去心不可得，现在心不可得，未来心不可得，就
把镜头调回眼前的特写：庭中几株萝卜花，如梦相似！

萝卜花，如梦相似

春有百花秋有月，
夏有凉风冬有雪。
若无闲事挂心头，
便是人间好时节！

——无门慧开

过年的时候，朋友送我一些红菜头的盆栽，大大的圆菜头上，
长着嫩嫩的绿叶。朋友的卡片上写着："祝你一年都有好彩头。"

这真是礼轻情意重。红菜头就是红萝卜，是台湾最平常的植物，加上了祝福，就变得喜气和美丽，就像我们常送人凤梨，用台湾话念起来，就是"好运旺旺来"。

过了年，舍不得将红菜头的盆栽丢弃，把它们排成一列，摆在靠山的露台上。

绿叶越长越大，菜头日渐缩小，成为一道新的风景。

有一天，从绿叶的中心抽出一枝长梗，一天以半寸的速度抽长，然后有了花苞，接着开出一串串的白花。

本来，光是一枝白花串也不算什么，奇特的是一列红菜头都开花，清晨向着阳光，黄昏迎着晚风，还飘来细致的花香。

我坐在露台看早报，阳光微微地照在小白花上，飞来两只小蝴蝶忙碌地跳舞采花，突然有两句偈在我的耳旁响动：

日照一隅，
亦是国宝。

道元禅师说的没错。在这个世界上，任何一个角落，太阳投射的地方，你的心随着阳光观照了，那个角落就像国宝一样珍贵呀！

寻求悟境的人，不免向外竞逐，在春花秋月里，在夏风冬雪中，找寻契机，却迷失了自己的本心。

有一天，体悟到"会心不远，密在汝边"，一切都是现成，在每一角落，都能亲见国宝。春花是国宝，秋月是国宝；夏天的凉风是国宝，冬天的白雪也是国宝呀！

对于心有宝藏的人，立处皆真，处处都是宝藏。

无门慧开的诗偈，不只在说开悟者生活中的四季，也是在说生命的流程。

我们的少年时代，像是春天的百花，颜色多么鲜艳，姿形如此繁华，无风自飞舞，怡然笑春风，那是美好的。

青年时期，飞扬浪漫，狂放恣肆，就有如夏日的凉风，一路的奔驰，两岸的笑声，那也是美好的。

告别了春风与丽日，就到了中年的月色。月色微凉，一切的盛景豪情都隐藏了，只留下一片晶莹与清透，那也是美好的。

恍惚间，生命下起雪来，寒冷彻骨的老年到了。雪是无声而遍满，雪的白掩盖了生命中一切灰暗与玄黑，雪上偶然留下的鸿爪，也将在明日的雪中掩埋。一切明白了，生命依然美好。

不要只看四季，也要观照人生。

开悟因此是重要的事，穿透了世界，看清了身世，在波动、迷茫、混沌中，知悉了业的联结、缘的迷障，乃至因果的无记与不可解。

放下一看，一切都只是"闲"事，谁叫我们横着木头搁在门上！

过去心不可得，现在心不可得，未来心不可得，就把镜头调回眼前的特写：庭中几株萝卜花，如梦相似！

云湖的月光

吾心似秋月，

碧潭清皎洁。

无物堪比伦，

教我如何说！

——寒山

初秋的夜晚，我寄宿在宜兴大觉寺的小室。

夜里，与来自各地的寺僧讲话，他们都是仰慕星云大师而披剃于师父座下，而来到大师的祖庭，希望能重建这座曾经辉煌也曾经没落的寺院。

许多辉煌过的寺院，一旦没落，就很难重建了。

幸而，大觉寺出了一位星云大师，多年之后从千里之外返回，不只重建了祖庭，还比原来的祖庭大了百倍。

大觉寺重建后，又开通了一条高速公路，直接从南京连通到大觉寺。所以，坐飞机到南京机场，只要乘车两小时就会到寺院。

交通便利极了，幸好还没有大批游客。

新建的大觉寺就和高雄的佛光山一样，雍容而庄严，夜里一片寂静祥和。

与寺中和尚讲完话，还不到夜里十点，和尚习于早睡，纷纷就寝。

我还睡不着，关了灯，发现月光整片投入窗内，窗外世界一刹那成为琉璃。我披了一件薄衫，穿过大殿，竟看见一个出家师父在虔诚拜佛，月光下，静极、细极，也美极了。

蹑足穿过长廊，我沿着月光大道，往前山步行，想去寻找云湖的所在。

云湖是宜兴的水库，建在大觉寺入口的地方。听说星云大师来重建祖庭的时候，当地人们为表示对大师的敬意，曾试想把水库改名为"星云大泽"或"星云湖"。大师却不认可，觉得这样太个人崇拜了，拿起笔把"星"字画掉，就成为"云湖"。

终于走到湖边，倚在栏杆上，看着这巨大的湖泊，四周被山的棱线围绕，湖面平缓得就像镜子。偌大的湖边只有我一人，使我生起了如梦似幻的错觉。

突然发现，湖心有一轮明月，与天上的圆月相印。经过湖水的晕染，湖上的月比天上的月还要巨大，轻轻浮动圆周，更显温柔。

寒山的诗歌从湖心幽幽传来："我的心就像秋天的明月呀！映在碧绿的潭水，清澈而皎洁，没有任何的事物可以和心的明月比拟，教我如何以别的事物来形容呢！"

天中的月、潭中的月、心中的月，从来就是清澈明白，不觉者不见，不悟者不知。觉悟者心中恍然，却无言以对，一句话也说不出来。

此情此境不常有，明年明月何处看？

我站在云湖边侧，心里深深地感动。

偶然回眸，大觉寺沉沉无声，在月光中，显露出美丽的屋檐。

失落的王者之香

掬水月在手，

弄花香满衣。

——《虚堂录》

朋友邀我去参观兰花园。

我以为会看到在温室里美轮美奂的兰花，却大出意外地看见一家巨大的工厂。

现在兰花的种植已经不像从前了。从前的兰花要通过分芽的方式来繁殖，一株兰花的养成要经年累月；现在的兰花繁殖用的是试管，只要一丁点儿的细胞就可以分种出新的兰花。

兰花工厂里，有许许多多小试管、中试管和大一些的玻璃试管。兰花是一大群一大群地"养"在试管里，靠着营养液成长，稍大一些，就换一支试管。

最后，花期将至，把兰花放在小塑胶盆里，一株株排列整齐，等到花苞结满，就可以出货了。

我站在那数十万株兰花的工厂里，心情非常地复杂，感觉不像是站在花园里，而像是站在"鸡寮"和"猪舍"。美，霎时隐没了。

一个长久思索的答案显现了：现在不管在何时何地看见的兰花都是一个样子——花朵巨大完整，花枝修长挺立。那是缘于它们都是"工厂制造"的成品，不会有虫鸟的咬吃，不会有风雨的痕迹，也不会因为外在的因素长得歪曲、怪异，更不会有时空的变化与沧桑！

作为一株花的形是确立了，但是作为一株花的神却失散了！

种兰的朋友告诉我，通过现代的种兰科技，已完全打破名兰的神话。从前一株达摩兰曾要价千万元，因为繁殖不易，物以稀为贵呀！现在一下子就可以种出千株达摩兰，所以，"达摩兰一株只要一百元！"

其他的名种兰也是一样，娇贵无比的兰花已经成为非常平价的花卉，甚至比一般的花还要便宜。

朋友遗憾地说：

"比较可惜的是，用试管种出的兰花，是没有香气的。人说兰花香是'王者之香'，在万香中为第一；现代的兰花却完全失去了香气，我们找不到原因，所以在种植的过程中也无从改良了。"

是呀！古人以梅、兰、竹、菊来象征君子的风骨，兰花的真香正是代表了君子有人格的芬芳，失去了芳香的兰花，又要以什么来比喻君子呢？

从前的人弄花而香满衣，踏花归去而马蹄留香，现代的人把花都戴在身上，也不会有什么香气。这不正是象征现代人不重视人格的芬芳吗？兰花的香气源于缓慢的成长、岁月的累积，是无法在试管中速成的，人格的馨香不也是一点一滴习染的吗？

花香是外放的，也是内藏的，生命的悟境也是如此。在月圆之夜，你在湖边掬水，掬起来的每一捧水，里面都有月亮，湖中也有月亮，乃至千江有水千江月！月亮是那么多，却只有捧在手中的月影，是如此真实！

商人波利入海求宝，海神从水中出来说：

"海水为多，掬水为多？"

波利答曰：

"掬水为多，所以者何？海水虽多，无益时用，不能救彼饥渴之人；掬水虽少，值彼渴者，持用与之，以济其命。"

掬水一捧就能救济生命，掬水一捧就能看见天上的明月，这就是为什么禅宗祖师开悟了说出"掬水月在手，弄花香满衣"这么优美的话。

会心不远，明月也在掬水之间。

心不着境，走过生命的落花，也有满身的花香。

走出朋友的兰花工厂，内心颇感失落。生命的天平或许就是如此，走得快速，就失去从容；过得繁复，就失去单纯；生活忙碌，就失去平静……

掬水与花香，值得细细思量。

挂在青天是我心

日日禅定镜，

时时般若花。

处处清凉水，

夜夜琉璃月。

——玄之

我在日本东北的奥之细道旅行。

会去奥之细道完全是因为诗人松尾芭蕉的缘故。松尾芭蕉是俳句的圣人，写过许多精美的诗句。

日本的诗歌来自中国。在唐宋时期，日本诗歌的形式几乎与中国无二，后来受到禅偈的影响，独创了俳句，短者两句，长者三句，可以说是最简短的诗歌，是诗中的珍珠和钻石。

俳句至今仍受日本人喜爱。日本的饮料公司每年都会大举征求俳句，得奖的会印在饮料瓶上，被认为是莫大的荣耀。

好的俳句是生命中偶然开悟的光，一闪即逝。所以，一般人一生能写出几则俳句就很难得了。

像松尾芭蕉一生从事俳句创作，作品无数，影响了几百年，那就更难得了。

松尾芭蕉从年轻时就立志成为俳句诗人，他过着放荡不羁的生活，可以说是走到哪里，写到哪里，一有所作，便广为传诵。

中年之后，松尾芭蕉四处旅行，在东海道步行时写了《风雨纪行》；在鹿岛、东海岸旅行，写了《鹿岛纪行》《笈中小札》《更科纪行》；在陆奥各地漫游，写成《奥之细道》；晚年住在深山的幻住庵，完成《幻住庵记》……

从松尾芭蕉大量的诗作中，会发现他写的诗是他生活的笔记，他不只在记录心境，也是在完成生命。

读松尾芭蕉的诗，使我不得不想起寒山，寒山一生中写诗超过千首，他用大量的诗歌闪耀生命的风华。

中日的两位诗人，他们一生都在林中闲游，每天用心的镜子观照着岁月的变化，时时在智慧上开出美丽的花。艰苦的生活成为他们的涌泉，幻化成清凉的水，即使在最深的黑夜中，也能观见天上与内心犹如琉璃的月色。

他们，已唤起了心中的那轮明月！

松尾芭蕉说："今夜三井寺，月亮来敲门""月明堪久赏，终夜绕清池"。

寒山说："众星罗列夜明深，岩点孤灯月未沉。圆满光华不磨莹，挂在青天是我心。"

人生犹如镜中之花、水中之月，是短暂的、非实的、无常的，但对有悟的人，总能从其中体会到一些什么。"无一物中无尽藏，有花有月有楼台"，即使是在空无一物的空中，也能生起一朵曼妙的花。

解空第一的须菩提在岩洞中坐禅，当他入于定中，天空突然飘落无边的花雨。

帝释天在天上看见了花雨从天而降，来给须菩提按"赞"："你在空中启动了般若波罗蜜多，才会使虚空的微尘都化为花雨！"

须菩提说：

"我仅仅坐着，并未说一个字！"

帝释天说：

"你无说，我无闻，是真般若也！"

语毕，天旋地动，飘落了更多的花！

须菩提呀，须菩提！在你的空中，竟有那么繁美的花呀！

我想起永嘉禅师的《证道歌》：

> 看见道路忘了山的人，是寂寞的。
>
> 看见山却忘了道路的人，纵在山中，也感到嘈杂。

最浩荡的前程

> 菩萨清凉月，
>
> 常游毕竟空。
>
> 为偿多劫愿，
>
> 浩荡赴前程。
>
> ——《华严经·离世间品》

曾经有三年的时间，我在山上闭关，思索人生最艰难纠结的课题：生有何欢？死有何意？活着，是万劫轮回的一个旋涡？或只是向死的一段存在？

人生，是逗号？是句号？或是惊叹号？还是问号？

我思索得太认真，又严守八关斋戒，不歌舞观听，不涂香华发，不睡高广大床。一开始，过午不食，一年后，日中一食。甚至试着夜不倒单，但常坐着坐着，就睡着了。

读到"罗汉不三宿空桑，以免对桑树留情"时身心为之颤抖。修行的人不应该连续三天睡在同一棵桑树下，以免对桑树留一丝感情，无法解脱。

虽不能至，心向往之。

慢慢地，心松下来了。唉！"心不捣蛋就很好了，修不倒单干吗！"从此睡得香甜。

每天都跑到河边去拥抱那一棵高大的凤凰木，与飘落的凤凰花相约，愿岁岁年年、生生世世都能与你的美相会！

练字的时候，突然写出了：

佛法即是活法，

禅心不离残心。

依然闭关，但每个月都要到大溪市场采买食物。

有一次，站在市场水果摊前，等待老板出现，突然有人跑来问我："老板，释迦一斤多少钱？"

我大为震惊。我已然闭关三年，难道看不出我与常人不同吗？我回答："老板不在！我的释迦不卖！"

然后，我又站到附近的一个摊子前面，马上有人过来问我："老板，五花肉怎么卖？"我更为吃惊。一转头，才发现自己站在肉摊前面了。

"我不是卖肉的！"我说。

内心不免微微地忧伤。难道，心里的智慧，脸上一点儿也看不出来吗？

但我马上就释怀了，本来心灵的革命就与外在无涉，五百罗汉的相貌又与众生有什么不同呢？

那天夜里，我在满月的月光洒落的山林小屋，读到《华严经》中的句子："菩萨清凉月，常游毕竟空。为偿多劫愿，浩荡赴前程。"我把"为偿多劫愿"改为"若为众生故"，写了送给朋友。

我又写了两个偈子，送给借我小屋的朋友：

> 欲为诸佛龙象，
> 先做众生马牛。

> 红尘中，有独处之心；
> 独处时，有红尘怀抱。

然后，我就下山了。

想到圣严师父说的"佛法这么好，知道的人却这么少"，我已知今后浩荡的前程了，那不是在清净无染的山上，而是在沸腾滚烫的人间！

自由之灯

五乳峰前，
好个消息；
大小石头，
块块着地。

——大觉慈舟禅师

古早时代，有一位瞎子去拜访一位朋友，告辞的时候，因为天色已经黑了，朋友就给他一只灯笼，让他照路回家。

"我并不需要灯笼，因为明暗对我都一样。"瞎子说。

"我知道你不需要灯笼，但是，如果你不提灯笼，也许会被别人撞到，所以你还是提着好了。"他的朋友说。

瞎子就提着灯笼上路了，可是走没多远，却被一个人撞倒了。瞎子很生气，骂那撞倒他的人："你是怎么走路的？难道你看不见我手上的这盏灯笼？"

那人说："老兄，你的灯笼已经熄了呀！"

这个寓言故事告诉我们，有一副好眼睛比灯笼重要，而心灵的眼睛尤为重要，一个人如果心地不明白，有好眼睛好灯笼都没有什么用。"禅"这个字拆开来正是"单示"，是简单的表示、单纯的心地，也就是心里明明白白的意思。

心里明明白白就是"平常心"，也就是"超圣入凡"。

因此，修习禅法的人，并不是说他会与一般人有什么不同，而是说他在面对事情与境界上，比一般人明晰，能以空明的态度来对待。

在《宝王三昧》里说到修行者与一般人人生态度的不同：

以病苦为良药，以患难为逍遥。

以遮障为解脱，以群魔为法侣。

以留难为成就，以敝交为资粮。

以拂逆为园林，以利名为素履。

以淡泊为富贵，以屈抑为行门。

接着还说："如是居碍反通，求通反碍。而今世俗为学之人，每不先居于碍，则障碍至时，不能排遣，使无上大道由兹迷失，可不惜哉！"

这是一种无悟无迷、无圣无凡、无施无受的境界，因为平常心地，才能对一切苦难、横逆、委屈淡然处之，甚而超越它，转为解脱的良药和成就的资粮。

心里怎么样才能明明白白呢？一是在因缘生起时，承担。二是在因缘过去时，放下。这也就是"应无所住而生其心"之意。

罗汉桂琛禅师指着庭院中的一块大石头问弟子清凉文益："你看这石头是在心内呢？还是心外？"

清凉文益："在心内。"

罗汉桂琛："这么大的一块石头，为什么要放在心内呢？"文益听了，猛然有悟。

这世界那么多的大石头，我们总是放在心内，放下不是很好吗？

天台德韶禅师曾说："诸佛法门，譬如大海，千波万浪，未曾暂住，未尝暂有，未尝暂无，浩浩的光明自在，宗三世于一毛端，圆古今于一念。"有一个僧人问他："怎么样才能杜绝言语的渗漏？"他说："口似鼻孔，如此会，自然不通风去，如识得，尽十方世界是金刚眼睛。"

以口言说，这是人的命运，是生来如此，可是如果不言而有深意，用鼻孔代口，甚至以眼睛代口，以心代口，看清十方世界的一切，这是人的自由。

禅道并不否定命运，甚至是尊重一切自然法则的，但更强调创造的自由，命运虽是一块大石压得我们不能喘气，由于能够放下，所以能"随缘而住"，由于能够承担，所以能"随处为主"。

命运，是我们的"自然生命"；自由，是我们的"理想生命"。禅者利用超越、转化、平常的态度，使自然呈现为合乎理想的境地，因此禅宗不是"宿命论者"，而是"自由论者"。

命运中的不幸与困苦，确是无奈而逼人的，可是与其呼天抢地、哀号滚动，还不如静静地注视那压来的石头，正如要使混浊的泥水澄清，最好的方法就是平静不动。平静不动不是屈服或顺从，而是放开胸怀来看待，因为胸怀无限地放开，便能无限地接纳，便能得到空性的自由。

一个人被命运所带领，不能觉醒活转，正如一个瞎子提着灯笼前进，并不能为自己照路，甚至连灯笼熄灭了都不知道，岂不可悲？

禅心之灯，即是自由之灯，是即使走在夜暗无人的路上，也可以安心前进，而且一旦点燃便永不熄灭。有时候会跌倒，有时候会刺伤，有时候会流血流泪，然而只要我们的火眼里有金睛，能穿透命运终究的表相，就可以无碍了。

我喜欢日本古代的两句俳句：

吉野樱花年年开，

劈开花树花何在？

花树中并没有花，庭中的石头不在心内，命运不是僵化的，让我们在风雨飘摇的时代，也有一些花在内部开放，并且攀在枝头，等候春天吧！

出门便是草

风卷浮云尽，

青天绝点埃；

山川俱在目，

何必上高台。

——葛芦覃禅师

洞山良价禅师有一次示众说："兄弟，初夏末，或东去西去，直须向万里无寸草处去。且如万里无寸草处，作么生去？"

这一段话译成白话是："兄弟们，在这初夏将尽的时分，不管你们是往东往西往任何方向，都要向万里没有一株草的地方走去。如果到了万里没有一株草的地方，看看会怎样？"

有个和尚听见了，不知何意，把这段话拿去问石霜禅师，石霜听了便说："出门便是草！"

这和尚又把石霜的话告知洞山，洞山感叹道："大唐国内能有几人？"（能达到出门便是草的境界，放眼大唐国，究竟有几个人呢？）

洞山良价的开示，可以让我们思考禅的悟前与悟后的生活，以及禅宗常说的"真空妙有"。

禅是在追求一种绝对的境界，这种境界是"高高山顶立""孤峰顶上""通玄峰顶"的世界，是飞越了生命的一切认知而达到的。当一个人走到那孤绝的山峰之上后就转向了另一个世界，那是"平常心是道"，是"运水搬柴、神通妙用"，是"深深海底行"，也是回到生命的本来。

如果用前面的公案来看，求悟是要"向万里无寸草处行去"，悟后则是"出门便是草"。前者是"超凡入圣"，后者是"超圣入凡"——超凡入圣是身心都走向超迈的境界，有着绝对的空明，超圣入凡则是回到红尘里来，用慈悲心来度世。

超凡入圣是"真空"！

超圣入凡是"妙有"！

因此，圣凡其实并没有太大分别，真空、妙有也是无二的。

对于开悟者，由于他能"妙有"，所以能落实到生活里来。在未悟的人眼中，世俗生活也许是毒药，是一分一毫沾惹不得，但禅师能坦然承担生活与红尘，因为他有转化清净毒药的"空性"，才敢于服毒，无畏、无忧、无碍、无憾。

我们可以这样说，悟道者是生活在多层面的人，生活于他是一个层面，与任何凡俗的人没有两样。只是他在这凡俗的层面里有着不可形容的深度，他站在亲切自然的土地上，不被凡俗所转，不被浊世所污染，乃至转烦恼为菩提，转毒成智，把毒药化成慈悲的养分。

假如一旦开悟就住在孤峰顶上，不能"入草"，失去世俗的平凡，这种开悟，就是焦芽败种的悟，不能对生命有所滋润与灌溉。

小乘与大乘最大的分野，并不在于修行，而在对于圣凡的态度。小乘行人的言行举止异于常人，是把情根断然斩落；大乘行者则在外表上与平常人无异，他只是空明、定慧、波平如镜地生活在红尘世界。

禅，到底是大乘还是小乘呢？这也只在学人的态度罢了。能超凡入圣、超圣入凡、凡圣无别才是大乘之道，是有血有肉有歌有泪的英雄事业！美丽的山川、清清的佛性、森罗的万象都历历在目，何必常常在高台上张望呢！

信仰使人清净

没有信仰的人难以知道信仰可以带给人怎样的悦乐，也很难知道信仰可以达到怎样平静清净的境界，当然不知宇宙之大，时间之无量了。

最近，我应台北市修女联谊会之邀，到主教会署去演讲，一口气讲了三小时。同日演讲的还有辅大教授李震神父，黄昏做弥撒之前，我们曾有一个小小的座谈，李神父虽是奉献于基督，但他要在座的修女们应多从佛、道、儒、墨等家去研究智慧。

他说："作为中国的神父和修女，与西方人是不同的，因为我们一出生就流着佛、道、儒、墨的血液，所以不应该，也不能斩断这些传统的东西，我们更要向里面求智慧。"

然后是修女们唱圣歌、做弥撒，室内遂流动着良善与优美、庄严与和谐。

我虽是虔诚的佛教徒，看到修女们脸上的表情时也不禁深受感动，感觉到人能有一个可以坚持诚敬礼拜的信仰实在是非常幸福的事，由于有了信仰，才能有直心、有静心、有道心。

人间的许多美德也是从信仰中养成的，譬如讲慈悲的心情，佛教是度众生，天主教是为人群服务；譬如守戒清修，佛教是比丘和比丘尼，天主教是神父和修女；譬如见诸本心和忏悔，佛教是禅坐静观，天主教是默祷弥撒……在信仰里，人可以有奉献、谦虚、宽容、相信宇宙力量等等美德。

最重要的是，信仰使人清净自在，真心圆满，远离颠倒梦想。尤其是佛法中认为信是最上乘的，也是最世间的，因为信才能得智慧，才能成正觉，才能渡生死的大河。《大乘十法经》说："信为最上乘，以是成正觉；是故信等事，智者敬亲近。信为最世间，信者无穷之；是以信等法，智者正亲近。不信善男子，不生诸白法；犹如焦种子，不生于根芽。"《梵纲戒经》说："一切行以信为首，众德根本。"《心地观经》说："入佛法海，信为根本。渡生死河，戒为船筏。"都说明了信仰的重要。

对于有信仰的人，《楞严经》说得好："譬如琴、瑟、箜篌、琵琶，虽有妙音，若无妙指，终不能发。"《达摩血脉论》则说："所以不信，譬如无目人，不信道有光明，纵向伊说亦不信，只缘盲故，凭可辨得日光？"

没有信仰的人难以知道信仰可以带给人怎样的悦乐，也很难知道信仰可以达到怎样平静清净的境界，当然不知宇宙之大，时间之无量了。

禅宗有一副名联是："万古长空，一朝风月。"南宋的善能禅师解释得最好："不可以一朝风月，昧却万古长空；不可以万古长空，不明一朝风月。"正如当代最伟大的科学家爱因斯坦所说："那些无法参透的事物所呈现的是最高的智慧和光彩夺目的美，而我们类似萤火之光的能力，却只能靠'知'与'感'，这种最原始的形式来了解它呢！"信仰的智慧确是无与伦比的、至高无上的、正见无邪的智慧。我们都是有情的众生，财富、名器、享用皆不难求，难的是能把智慧信仰摆在一切之上，使我们心如赤子，得真正的明净与感动，如佛所言：

"我净故施净。施净故愿净。愿净菩提净。道净一切净。"人生还有什么比清净是更高的境界、更真如之美呢？

空出我们的杯子

无端知妙谛，
有识是尘心；
欲洗尘心净，
寻山莫畏深。

——中峰明本禅师

一位热爱武术的年轻人，想要学习武术，找到一位极负盛名的武师。

他热切地对师父说："我渴望做您的学生。"

师父说："你希望我教你什么？"

他说："我希望成为第一流的武术家，那必须学习多久？"

师父说："至少要十年。"

"十年太久了。"年轻人说，"如果我加倍用功呢？"

"那就需要二十年时间。"师父回答说。

"如果我夜以继日地全力练习呢？"年轻人又问。

"那要三十年！"师父回答。

"这到底是怎么一回事，每当我说要更用功，您就说需要更长的时间呢？"年轻人问。

师父笑着说："如果你的眼睛一直认定一个目标，你哪里还有眼睛看见你自己呢？"

要追求第一流的武术，与开启真实的禅一样，如果眼睛向外追寻，脑子里就会充斥纠缠的识见，就无法做自我的反省与开启了。因此，禅心最可贵的本质就是"无求"，无求并不是一切无为，而是任运，是不给自己一个界限，因为有了界限就有束缚，有所得就会有所失，只有把有所作为的识见放空，才能洗去尘心，有一个全然的清净的对待。

日本近代伟大的禅师山冈铁舟，有一次遇到一位著名的小说家来向他学禅，他对小说家说："我知道你的小说写得很好，可以使读者或哭或笑。请你对我说一个故事'桃太郎'，在我还是小孩的时候，就睡在我妈妈身旁听她说这个故事了，我妈妈说得真好，请对我讲讲这个故事，就像我妈妈说的一样。"

渴望成为铁舟弟子的小说家，因为把学禅看成重要的事，不敢立刻就说这个故事，于是他向铁舟说："请允许我回去下一番功夫吧！"

过了几个月，小说家去拜望铁舟，要说那个简单的故事给禅师听，但铁舟说："改天再说吧！"

小说家又回去准备要说这个故事，一连很多次，他向铁舟提出说故事的要求，铁舟就阻止他说："你还没有达到我妈妈的程度。"

经过了五年的时间，铁舟才准许小说家把故事说出来，并收他为弟子。

这是有极深刻象征的故事，妈妈为孩子说故事时，一点也没有机心，那样清净的心性，是极接近禅者明朗无碍的胸怀的，若能体会生活里那无求的时刻，才能体会禅，也才能知道"无端知妙谛，有识是尘心；欲洗尘心净，寻山莫畏深"的境界了。

在生活里有禅，不二法门就是空出我们的杯子，来纳受生活加诸我们的一切，并清楚地观照那杯子里注入的东西。如果我们的执着深重，杯子装满了，连一滴水也倒不进来，哪里还能看清杯子里的事物呢？

中峰明本禅师把这种杯与水、人与禅的关系说成是"打成一片"。他说：

> 若真个打成一片时，亦不知如银山铁壁，既知是银山铁壁，即不可谓之打成一片。如今莫问成一片不成一片，但将所参话头，只管粘头缀尾，念念参取，参到意识尽处，知解泯时，不觉不知，自然开悟。正当开悟时，迷与悟、得与失、是与非，一齐超越，更不须问人求证据，自然稳贴贴地无许多事也。

学习生活里的一切，不管是武术、说故事、爱与慈悲、生命的沉定与激情，都可以做禅的学习，只要空出我们的意识之杯，与真实的生命打成一片，处处都有禅机的呀！

第五部分

所有境遇都是成全

这个世界上虽有许多人可以告诉我们远处美丽的风景，却没有一个人能代替我们走茫茫的夜路。只要点燃心中的灯，一心一意地生活下去，便可以展现充实的生命。

雪三味

我愿谛听一只小蚱蜢的扑翅，也愿静观一株小草随风飘摇；我愿远观一头蓝鲸的喷泉，也愿欣赏雪地细微的鸟踪……

之一　白鹭立雪

白鹭立雪，
愚人看鹭，
聪明见雪，
智者观白。

在山东东营旅行，最开心的是去看黄河入海口。

原本以为黄河入海口大约像台北淡水河河口，坐小船五分钟就可以横渡。

及至站在黄河入海口，完全被那景致的广大与壮阔震慑了：先是一望无际的芦苇，再是无边无涯的湿地，最后才是黄浪滚滚的海滨。

黄河从遥远的源头，穿越无数的山水平芜，到了海边往四面扩散。站在朔风野大的海边，把视觉放大到极致之境，也无法看清。河水到底有多么宽广呢？登上木造的小楼，用望远镜，左右扫瞄，依然无边。

无法形容那种感动。黄河原只是小小的一条，向前穿行时，许多的溪河，许多的雨雪，一点儿一点儿地汇集，黄河越来越大，最后流到了东营，便成为数百里的湿地了。

湿地的物产丰美，有数不清的鱼虾。

东营的朋友说："童年的时候，湿地还没有管制，跳进水里，空手就可以抓到许多鱼！"

"一点儿也不夸张，那时河海交界处，有许多大闸蟹，个个肥美。小时候还不懂吃大闸蟹，一捕一大桶，回家剁成小块喂鸭子，鸭子吃了大闸蟹，鸭蛋黄特别红！"朋友自我解嘲，"后来香港人来旅游，才知道大闸蟹是宝，大家才开始吃。早知道，二十年前开始外销，早就发财了！"

大闸蟹不解吃，倒是吃了不少野鸟，一直到管制以后才没人吃了。

东营是最大的野鸟集散地，留鸟与候鸟繁多，吃海水和淡水的鱼虾永不匮乏。

喜欢观鸟的人，带着望远镜来看，会感动到哭。河海茫茫，天地悠悠，看见一只丹顶鹤突然展翅飞起，群鹤比翼追随，在蔚蓝的海上自在回旋，想到人生能有几回看到这壮丽的景色？怎不感怀殊深！

或者是在冬季，大雪纷飞，把大地盖成一片安静的银白，那白是如此纯粹，如此无染。

突然，雪中有了一丝动静。

定睛凝视，原来是一只白鹭，在雪原中散步，一步一慢，久久才动一下。

心中一惊，原来那是古代禅师说的"白鹭立雪""银碗盛雪""白马入芦花""雪花一片又一片，飞入芦花都不见"的境界。

白中有白，白外有白，白上还有白。

以为白是静的，静中还有动；以为白是大的，大里又有小；以为白是无分别的，无二里还有独一。

"白鹭立雪"不只在说眼前的景，也在说开悟的境。

世俗的人看见了雪中的白鹭，便会忘记雪的存在；看见了追逐，忘失了平静；追求小的价值，忽略了纯净如雪的本质。

聪明的人知道白鹭伫于雪中，只是一时的、短暂的，因此常常会提醒自己，不要丢失了可贵的纯净。

有智慧的人，只是静观，不起分别。

雪是美，白鹭亦美；雪为纯净，白鹭亦为纯净。

雪是静的，白鹭是动的；雪为大，白鹭为小。

智者观之，皆起欢喜，因为了知白雪与白鹭都是天地的偶然，就像人站在下着雪的黄河入海口，也只是一个过客。

人间本来就是一片混沌。"白鹭立雪"是极目时的一道悟的闪光，你看见了，一切正像如此，明明白白。

回到繁华的东营市区，住进我预订的小房间。饭店的总经理突然造访，免费为我升格行政套房，两室一厅外加阳台，比我原订的小房间大十倍。

换房完成，心想："我用不着这么大的房间呀！这就像白鹭立雪，更显自己的渺小。"

正寻思时，总经理又来敲门，带来了笔墨求字，希望挂在大堂的墙上。

回不去那个小房间了，只好写字：

白鹭立雪，

愚人看鹭，

聪明见雪，

智者观白。

"林老师，可否解释一下？"

"说不出来，慢慢参吧！"

之二　雪里的梅花初放

雪里梅花初放，

暗香深夜飞来。

正对寒灯独坐，

忽将鼻孔冲开。

我喜欢穿越森林，也喜欢沿着溪边散步。

我喜欢在海滨聆听潮声，也喜欢在山顶上倾听鸟的鸣唱。

如果有一天不走出家门，走入林间山树，走向山河土地，走近日月星辰，就感觉那一天是白白地逝去了。

所以，我永远无法了解宅男腐女的生活，我也永远不能了知人可以坐在电脑前几天几夜的事。

有人告诉我："现在已经不买书了，但还是读书，是坐在电脑前面读的。"

我说："你知道在佛陀的时代，《四吠陀》《奥义书》是不准在房里读的。要捧着书走进森林，坐在大树下才准读，否则会受到祭师的责罚。"

"为何不能在房里读？"

"因为在房里是读不通的。坐在林间树下，感受神圣，才有可能读懂神圣的思想呀！"

不只是读书。从前，佛陀在森林中修行，在大树下成道，在园林里讲道，几乎都不在房里。苏格拉底、柏拉图、亚里士多德讲课都在野外。

孔子和孟子呢？他们讲课的地方叫杏坛，应该就在杏树下，春天有杏花香，夏天有杏子飘落。

人，要在自然里成长、得悟。

自然，能让人看见变化和无常。

自然，能让人深化感觉与体会。

自然，能让人观照生机与意趣。

自然，能让人变得谦逊和宽容。

追逐繁华的人，他们的家乡是高楼大厦、名牌商品、五星级大饭店。

寻找悟境的人，他们的家乡是蓝天白云、山水花木、河海的远方。

春天的百花、夏夜的明月、秋日的凉风与冬寒的白雪呀，都有着甚深的消息。

如若不能走入自然，那就把门窗打开吧！

你独坐灯下，远看着院子里含苞很久的梅花，孤独地站在雪地上，白雪红梅，美到极致了。

没想到在深夜时刻，一阵似有似无的香气突然飞来，把你的鼻孔冲开了，灌入你的脑、你的心、你全身的细胞。你的一切妄想都消融化去，成为梅香的一缕。

不管这个世界会迈向什么样的电子时代，我都希望能守住雪中的一缕梅香。

不管这个时代会走向什么高科技的未来世界，我都愿意捧一本书到树下去阅读。

我愿谛听一只小蚱蜢的扑翅，也愿静观一株小草随风飘摇；我愿远观一头蓝鲸的喷泉，也愿欣赏雪地细微的鸟踪……我愿与大自然的一切法侣走向宇宙之心。

之三　好雪片片

好雪片片，

不落别处！

阳明山的樱花，我最喜欢"想启小馒头"对面那三棵樱花树。

三棵樱花树皆高数丈，花开满树红，燃烧人的眼目。

我每次站在那三棵樱花树前面，总舍不得转移视线，闭起眼睛。有时就买一袋小馒头坐在地上，一口一口吃着各种口味的馒头，山药、南瓜、芋头、黑糖、绿茶……一直到小馒头吃完，才依依不舍地和树道别。

那三棵樱花树可能不是阳明山最美的，却是与我的友谊最长远的，属于"人生若只如初见"的朋友。

小学三年级，我第一次到台北，堂哥带我从平等里步行上阳明山，沿路看樱花。那是此生第一次看见樱花，便被樱花的美感动不已。

走到三棵樱花树前，感动得哭了，难以想象人间有这么美的樱花树。

后来住在台北，年年花季前都会到那里去看花，仿佛默默有个约定。从第一次相遇，匆匆，五十年过去了。

今年在外居停久了，回来立刻去探视。才二月初，樱花谢了，吐出新芽。我站在对面地上，怅然不已。

卖小馒头的老板说，今年这三棵樱花树开得最早，过年那几天就盛开了，谁也料不到！过年后连续下大雨，一星期花全掉光了！这世界，天气变得实在太恐怖了。

樱花年年开，我们的人生却是每年都大有不同呀！

我买了一个笋包，在树下吃起来，看到樱花树上满满的绿色芽苗，红与绿虽然不同，美却是一样的。我们执着于每年的花季，但努力开放的樱花树，每一季也都是美的，你爱其华，就要爱其芽，甚至爱每一枝枯去的树枝。

你爱树，也要爱树后的山，以及空山的雨和飘流的风。

罗汉不三宿空桑，以免对桑树留情。你不是罗汉，你还有所眷恋，你还留有一丝感情，你还期待着明年的花期。

回来的时候，走过那还盛开着的金合欢，遇到路边那棵硕大的木兰，身心无浊意，山水有清音，这世界原来如是美好。

庞蕴居士开悟了，拜别他的师父药山禅师，走到禅寺的大门，突见满天飞雪，感叹地说："好雪片片，不落别处！"

生活中每一片雪都是美好的，都下在我们的心田，不执有无，不必分别，没有高下。

每一片雪的落下，都是必然的，也是偶然。

每一朵花的兴谢，都是偶然的，也是必然。

每一个人生的因缘，虽不可预知，却有既定的流向。

触目遇缘，皆成真如。

好樱片片，亦不落别处！

步步起清风

人生的忧恼，大部分是来自过去习气的牵绊，以及对未来欲望的企图。如果时刻活在现前的一境，忧恼立即得到截断。

我很喜欢禅宗的一个公案——

五祖法演禅师门下有三个杰出的弟子，佛果克勤、佛鉴慧勤、佛眼清远，时人号称"三佛"。

有一天，法演带着三个弟子，在山下的凉亭夜话，回寺的时候，灯突然灭了。在黑暗中，法演叫每一位弟子说出自己的心境。

佛鉴说："彩凤丹宵。"

佛眼说："铁蛇横古路。"

佛果说："看脚下！"

法演当场给佛果克勤说："将来传扬我的宗风只有你呀！"

后来，佛果克勤禅师果然宗风大盛。

我喜欢这个公案，首先是因为它直截了当。一个人在无灯的黑夜走路，不必思维，只要看脚下就好。

其次，我喜欢它的明白平常。简单的三个字，就说明了禅的根本精神是在站立的地方安身立命，没有比脚下更重要的地方了，因为一失足就成千古恨。

"看脚下"虽然如此简明易懂，却意味深长。六祖所说的"密在汝边"，祖师所说的"会心不远"，都是在说明真正美妙的心灵经验，不必到远处去追求。可惜大部分的人，都是舍弃了心灵的空地，去追求远处的境界，那就无法做到"即心是道场"，不能即刻点起已被风吹熄的烛火，继续前进。

不能看脚下的人，自然不能立定脚跟，这在禅宗里叫作"脚跟未点地"，也叫作"脚下生烟"，一个人的脚下如果生起烟雾，便无法落实真切的生命，就好像腾云驾雾地过着虚妄的生活。

有时候我到寺庙里参访，就会看见在门槛的柱子上或在容易跌倒的阶梯上，贴着"看脚下"三字。顿时心里一阵感动，有一种体贴之感，因为那时如果不看脚下，立刻就会跌倒了。

"看脚下"其实包括了禅宗几个重要的精神。

第一个精神是要活在当下，不活在过去与未来之中。人生的忧恼，大部分是来自过去习气的牵绊，以及对未来欲望的企图。如果时刻活在现前的一境，忧恼立即得到截断。例如喝茶的时候，如果专注于喝茶，不心思外驰，立刻可以得到专注之境。这不只是开悟的境界，一般人也可以领受和体验。

马祖道一禅师开悟以后，声名大噪。他未出家前结交的几位老朋友，对马祖的开悟半信半疑，于是相约一起去见马祖，并且沿路想一些问题去请教请教。

这几位农民出发不久，就看见一只老黄牛绑在大树上，鼻子穿了一根绳子。黄牛由于不能走远，就绕这棵树行走，最后鼻子碰在树上，又往反方向绕，越转越紧，鼻子又碰在树上了。

其中一位就说："我们就拿这件事去请教马祖好了。"

再往前走不久，突然看见一只秋蝉飞来，脚跟被蜘蛛丝粘住了，飞不过去，心里一着急，"吱吱"大叫。蜘蛛看见秋蝉粘在树上，立刻赶过来要吃它，在这生死关头，秋蝉奋力一冲，"呼"一声，离开蛛丝飞走了。

其中一位说："我们再用这件事去请教马祖。"

最后，他们见到马祖。

第一位就问说："如何是团团转？"

"只因绳子不断。"

"绳子断了，又如何？"

"逍遥自在去也！"

马祖的老朋友听了都很吃惊：马祖明明没见到老牛，怎么知道我们问的是什么呢？

第二位又问："如何是'吱吱'叫？"

"因脚下有丝！"

"丝断了，又如何？"

"'呼'的飞去了！"

马祖的老朋友当下都得到了开启。

使人生不能自在的，是由于过去习气的绳子拉着我们团团转；使我们不能自由的，是情丝无法斩断。如果能回到脚下，一念不生，就自由自在了。

"看脚下"的第二个精神，是以平常心过日常生活。例如经常教人参"无"字公案的赵州禅师，每每对初来的人说"吃茶去！""吃粥也未？"马祖道一说"吃饭时吃饭，睡觉时睡觉"，百丈怀海说"一日不作，一日不食"，都是在示人，以圆融的态度来过平常的生活，而不是去追求不着边际的开悟。

"看脚下"是以平等的态度来对待生活里的一切，不为某些特殊的目的而放弃对历程的深思与体验，在每一个朝夕，都能"不离当处湛然"，如果喝茶吃粥时有湛然清明的心，其尊贵至高并不逊于人间伟大的事功。

《六祖坛经》一开始就说：

> 于一切时中，念念自见，万法无滞，一真一切真，万境自如如。如如之心，即是真实。若如是见，即是无上菩提之自性也。

在每一刻的真实中，万法的真实即在其中，"掬水月在手，弄花香满衣"，"掬水"或"弄花"是平常而平等的，明月在手、花香满衣就变得十分自然。如果不能善待眼前的片刻，不就像以手捉月、舍花逐香吗？哪里可得呢？

"看脚下"的第三个精神，是以法为灯，以自为灯，去除依赖的心。

山中的烛火熄了，要照看自己的脚下，要以自己的眼睛和心灵为灯，小心地走路。

这个世界上虽有许多人可以告诉我们远处美丽的风景，却没有一个人能代替我们走茫茫的夜路。

只要点燃心中的灯，一心一意地生活下去，便可以展现充实的生命。

一般人无法见及生命的丰盈，不能免于恐惧，只缘于没有脚跟着地罢了。

我们的灯如果燃起，就可以照看到"看脚下"的最高境界，即云门禅师所说的"日日是好日"，不管晴、雨、悲、喜，身心都能安然，甚至连心痛的时刻，都能知道明日可能没有心痛之境而坦然欢喜。

"日日是好日"，表面上是"每天都是黄道吉日"的意思，但内在里更深切的意义是"不忧昨日，不期明日"，是有好的心来看待或喜或悲的今天，是有好的步伐去穿越每日的平路或荆棘，那种纯真、无染、坚实的脚步，不会被迷乱与动摇。

在喜乐的日子，风过而竹不留声；在无聊的日子，不风流处也风流；在苦恼的日子，灭却心头火自凉；在平凡的日子，有花有月有楼台——随处做主，立处皆真，因为日日是好日呀！

"看脚下"真是一句韵味深长的话，这是为什么从前把修行人走的路叫作"虎视牛行"——有老虎一样炯炯的眼神和牛一般坚实的步伐——也叫作"华严狮子"——每一步都留下深刻的脚印。

从远的看，人生行路苍茫，似乎要走很多的步幅；从近的看，生死之间短促，只是一步之间，在每一步里，脚底都有清凉的风，则每一步都不会错过。

那么，不管灯熄灯亮，不管风雨雷电，不管高山深谷，回来看脚下吧！脚下虽是方寸，方寸里自有乾坤。

青草与醍醐

我们如果过的是无烦恼的人生，必然地，我们就会
过无智慧的人生。

我们去看朋友，随意谈起近日的生活，得到的常是一声叹息：
"好烦呀！"有时坐在办公室中，左边不时传来叹息的声音，而
右边有人推开一大叠待处理的文件："真是烦死了！"还有一些
时候，会接到不速的电话，我们耐着性子唯唯诺诺地听着，好不
容易挂断电话，忍不住喘一口气说："真烦！"最让人心惊的是
我们的孩子，放学回家突然蹦出一句："这种日子真是烦！"有
一回，我看见亲戚读小学一年级的孩子坐着发愁，走过去正想安
慰他，他突然这样说："少来烦我，我心情不好。"

这是个令人着烦的世界，工作的时候烦工作，生活的时候烦
生活，忙碌时为奔波而烦，休息时为寂寞而烦。坐在家里也烦天
下大事，走到室外又烦着环境与人群。

一个朋友说得最好："如果有一天清晨醒来，心情很好，能维持这好心情一直到入睡，就是谢天谢地了。"烦死人的工作！烦死人的家事！烦死人的孩子！烦死人的电视！烦死人的天气！虽然不至于真被烦死，时间却在忧烦中一寸一寸地死去了。恼人的事也不少，孩子为上课、考试、升学而恼恨着；青年为爱情、婚姻、工作而恼恨着；大人为衣食、升迁、权位而恼恨着。恼恨着自己，恼恨着环境，恼恨着这个世界。

烦恼的本质

　　有一个孩子这样问我："我真希望生在古代，因为现代有太多令人烦恼的事。古代人不知道会不会像我们这么烦恼？"

　　"自从人生在这个世界，烦恼就随着诞生了，不管生在古代、现在，或者未来；不管生在中国、美国，或者非洲。人虽有古今，地虽有南北，人性没有什么不同，烦恼的本质也是一样的。"我说。

　　"什么是古今中外相同的烦恼本质呢？"孩子问。

　　"这是一个大的问题，我想我们还是从佛经的观点来谈吧！"

　　在佛经里，非常确定的就是人的烦恼，凡人必有烦恼的本质，烦恼的起因与反应可以大别为两种，就是"根本烦恼"与"随烦恼"——根本烦恼是烦恼的基本原因，随烦恼是随着根本烦恼的反应而生出的烦恼。

在根本烦恼的种子，随烦恼芽苗的生长中，佛教把烦恼说成八万四千种烦恼，这是一个无限的概数，事实上，这世界上的烦恼何止八万四千呢？

为了使烦恼得到对治，佛教共有八万四千法门，也就是八万四千的菩提。这不仅仅是消极疗治的态度，而是一种积极的观点，是说任何一个烦恼都会带来一个觉悟、一次启发、一点智慧，所有的烦恼都是智慧的芽种，所有的智慧则正是烦恼结出来的花果。

由此观点，我们可以肯定地说：我们如果过的是无烦恼的人生，必然地，我们就会过无智慧的人生。

牛饮水成乳，蛇饮水成毒

所以，在一个更大的视野之中，烦恼就是菩提，菩提就是烦恼，是一体不二的。

这有一点像一个钱币的两面，两面虽有不同，钱币是同一个。在《法集经》里，有一位奋迅慧菩萨问无所发菩萨什么叫作菩提。无所发菩萨说："善男子！言菩提者，无分别，无戏论法，即其言也。善男子！见我者，名为戏论，此非菩提；远离我见，无有戏论，名为菩提。善男子！着我所者，名为戏论，此非菩提；远离我所，无有戏论，名为菩提。随顺老病死者，名为戏论，此非菩提；不随顺老病死，寂静无戏论，名为菩提。悭、嫉、破戒、嗔恨、懈怠、散乱、愚痴、无智，戏论，此非菩提；布施、持戒、忍辱、精进、禅定、智慧，无戏论法，名为菩提。邪见，恶觉观、恶愿，名为戏论，此非菩提；空、无相、无愿，无戏论法，名为菩提。"

这里说明了遇到烦恼的时候，一个人如果随顺于烦恼就不是菩提，只有心不染着，能转烦恼为智慧的才是菩提。

烦恼的本质虽同，但因人所见而异，佛陀在《华严经普贤行愿品》中说："牛饮水成乳，蛇饮水成毒；智学成菩提，愚学为生死；如是不了知，斯由少学过。"——烦恼只是水一样的东西，有智慧的人因它而觉悟，愚笨的人因它而随入生死，这就像牛吃了水化成牛乳，而蛇喝了水反而变成毒汁一样。

这是一个多么高明的比喻，佛陀在《大般涅槃经》里也讲了一个同样高明的比喻："雪山有草，名曰肥腻，牛若食者，纯得醍醐，无有青黄赤色白黑色。谷草因缘，其乳则有色味之异。是诸众生，以明无明业因缘故，生于二相。若无明转，则变为明。一切诸法，善不善等，亦复如是，无有二相。"

我们译成白话是："在雪山上有一种肥腻的草，牛吃了这种草就产出纯净的牛乳，不会有青黄赤白黑等颜色。只是由于吃谷草的因缘，使牛乳有一些颜色味道的差别，牛乳是牛乳则都是一样的。这就像各种众生，由于明、无明、业力、因缘的不同，而生出相异的相，如果能把无明的沉迷转了，心就开悟明净，一切诸法，善或者不善都像是这样，只要能转，就没有不同了。"

以上这段经文，是明白地触及了烦恼与菩提的人生本质毫无二致，人迷于事理则成烦恼，人悟于事理就化为菩提，因此，佛陀在《仁王护国经》里说了一段著名的话：

> 菩萨未成佛时，以菩提为烦恼。菩萨成佛时，以烦恼为菩提。何以故？于第一义，而不二故，诸佛如来，乃至一切法如故。

火中生莲，转识成智

烦恼与菩提不二如一的实性，时常受到小根器的人怀疑。甚至连小承行者都不免生出分别之心，认为必须先破烦恼、断烦恼、舍烦恼才能求菩提。在六祖的时代，就曾有一位薛简问过同样的问题，我们来看六祖的见解。

薛简问道："明喻智慧，暗喻烦恼，修道之人，倘不以智慧照破烦恼，无始生死，凭何出离？"

六祖说："烦恼即是菩提，无二无别，若以智慧照破烦恼者，此是二乘见解、羊鹿等机。上智大根，悉不如是。"

薛简问："如何是大乘见解？"

六祖说："明与无明，凡夫见二，智者了达，其性无二，无二之性，即是实性。实性者，处凡愚而不灭，在贤圣而不增，位烦恼而不乱，居禅定而不寂，不断不常，不来不去，不在中间，及其内外，不生不灭，性相如如，常位不迁，名之曰道。"

这样深辟的见解是连断、舍、破的观点都不许的，必须把烦恼与菩提合起来看，在《大方广宝箧经》里，文殊菩萨曾对佛陀的弟子须菩提开示，说："譬如陶家，以一种泥，造种种器。一火所熟，或作油器苏器蜜器，或盛不净。然是泥性，无有差别；火然亦尔，无有差别，如是如是，大德须菩提！于一法性一如一实际，随其业行，器有差别。苏油器者，喻声闻缘觉；彼蜜器者，喻诸菩萨；不净器，喻小凡夫。"

烦恼是陶土，菩提是陶器，泥土的性质是一样的，不同的是，菩萨用来盛蜂蜜，而凡夫用来装臭秽的东西！

用譬喻来说明烦恼与菩提关系的经典非常多，我们现在来看民初的高僧慧明法师对它的解释，他进一步指出烦恼与菩提有二义，一者火中生莲义，二者转识成智义。

关于火中生莲，他说："火喻烦恼，莲喻菩提，烦恼是苦，菩提是乐。学佛人要由苦得乐，须于烦恼火宅之中，生出红莲，方为究竟。何以故？火有毁灭之威，不实之物，一经其焰，莫不随之而化；亦有锻炼之功，坚真之质，受其熔冶，即成金刚不坏之体……可知烦恼之火，即菩提之因，此即火中生莲之义。"

关于转识成智，他说："着相分别为识，即相离相为智，识即烦恼，智即菩提。何以故？烦恼由无明业识而生，菩提由清净慈悲而长，惟识与智，非一非二，所以者何？识是妄，智是真，离真无妄，离妄无真故，众生迷真逐妄，遂生烦恼，烦恼愈深，离真愈远。若发心真切，磨砺功深，则忽然识妄为幻，进而不离于幻，即幻为真，进而不着于真，当下清凉，识即成智。……可知烦恼与菩提，皆是一心，本无自性，能转烦恼为菩提，即是贤识成智义。"

好好珍视我们的烦恼

烦恼与菩提的关系，到这里已经非常清楚地呈现出来，它像青草与醍醐，像泥土与蜜器，像烈火与红莲，是不可分的。这也像《维摩经》《大宝积经》中说到污泥中的莲花，莲花生于污泥正如醍醐为青草所化一样。

所以，当小乘行人为修惑、断惑而取涅槃的时候，大智大悲的菩萨却投入惑中，为了济度众生，情愿不断烦恼以利益有情，这种心愿非常的动人，但它的实相是，烦恼正是菩提，菩萨在烦恼里才能锻炼智慧（智增菩萨），也才能广发悲心（悲增菩萨）。我们想想看，如果菩萨不在烦恼中，智慧由何而来？慈悲从何而来？如果菩萨不在烦恼中取菩提，又如何济度为烦恼所苦的众生呢？

明白烦恼菩提不二如一的要义，不仅对我们出世般若有帮助，对人世智慧也有很大的启发，这使我们有更积极的勇气来面对人生，使我们有更清明的灵思来承受烦恼，到了一天，我们每一朵烦恼的烈焰都烧出一朵菩提的红莲，我们每一株烦恼的杂草都生出一滴清纯的乳汁，我们每一块烦恼之土都铸成一个精美的器皿，我们每一分情都是慈悲与智慧的结晶，那时候，我们才能体验到最净、真我、妙药、常住的无上最胜菩提。

我们再来谈《维摩经》中动人的一段吧！

维摩诘问文殊师利："何等为如来种？"

文殊师利言："有身为种，无明、有爱为种，贪、恚、痴为种，四颠倒为种，五盖为种，六入为种，七识为种，八邪法为种，九恼处为种，十不善道为种。以要言之，六十二见及一切烦恼，皆是佛种。"

好好珍视我们曾经承受过的烦恼，珍视现在正处着的烦恼，因为其中的每一个，都是佛种！

铁拐李的左脚

　　　　最令人忧心的人，是自以为完美的人；最令人担忧
的社会，是文过饰非的社会。不论人或社会，谁没有一
些痛脚呢？怕的是不能相濡以沫、互相提供灵药罢了。

　　读黄永武教授的《爱庐小品》，其中有一篇谈到铁拐李的文章，
非常有趣，引人深思。

　　黄教授谈到八仙中的铁拐李，跛了一脚，手扶铁拐杖，还背
了一个装有灵药的葫芦，他不禁感到疑惑："既然有仙人的灵术、
灵药，为什么不先把自己的跛脚医好呢？"

　　"我猜铁拐李不治好自己的跛脚，是为了向世人展示：重心不
重形。仙人重视心灵的万能，不重视臭皮囊的外壳。一般人外形有
了残障，回护之心特重，不许别人说着他真正的缺陷处，不幸有人
触及讪笑，甚至会动杀机。然而形貌的美丑，是贪恋世间者的品味，
凡世味沾染得愈浓，愈不易人道，成道的仙人，早明白'自古真英

雄，小辱非所耻'的道理，不会把外形的美丑放在心上的。"

——黄教授下了这个结论。

读到这篇文章，令我想起了自己最早对铁拐李有印象，是从"八仙彩"和"八仙桌"来的。从前的台湾乡下，每逢节庆或嫁娶，门口一定要挂八仙彩，桌子也要围一条八仙彩，绣工细致、艳丽华美，传说一方面可以辟邪，一方面可以讨吉利。

八仙彩上绣着汉钟离、张果老、韩湘子、铁拐李、曹国舅、吕洞宾、蓝采和、何仙姑，形貌各异，而且突出，有老有少、有男有女、有美有丑。我在少年时代就时常想：为什么仙界的人不都是俊美年轻的神仙呢？那集合了老少美丑的仙界不也像人间一样不公不平吗？有什么值得追求的呢？

再进一步想：仙人也会老吗？仙人也会残缺吗？

每次一问大人，他们总是说："囡仔郎，有耳无嘴，管什么神仙的大志！"最后总是不了了之。

不过，在八仙里我最喜欢铁拐李，因为他最有人味，最有亲和力，传说也最多。铁拐李为什么是跛脚的呢？有好几种说法——

一说，铁拐李早年长得非常英俊魁梧，从小就修道。后来，他率弟子在岩穴修行，有一天，太上李老君约他到华山去。他对徒弟说："我的身体留在这里，游魂和李老君到华山去，如果七天以后还没有回来，你就把我的身体焚化了。"他的魂魄飞出去之后，徒弟的母亲生了重病，催促儿子回乡。徒弟为了赶回家乡，在第六天就先把铁拐李的身体焚化了。等到铁拐李回到山上，正好是第七天，遍寻身体不着，只好附在一个饿死的尸体上复活，

所以铁拐李才会跛脚。（《茶香室丛钞》）

一说，铁拐李活到八百岁，身体坏了，再投于他人的身体再生。（《铁围山丛谈》）

一说，拐仙原来姓李，在人间就有足疾，后来受到西王母的点化成仙，封为"东华教主"，授以铁杖一根。（《山堂肆考》）

虽然说法有很多种，其实都是从"人间观点"来看的，铁拐李早入了仙籍，怎么还会有人间的身体、人间的残疾呢？因此，我很赞同黄永武教授的说法，铁拐李的跛脚是一个象征，象征不论在人间或天界，都充满了缺憾，不能圆满。铁拐李的跛脚也是一种示现，示现事物没有十全十美，连神仙都不免有跛足之憾，人间的遗憾也就没有什么不能承受了。

铁拐李的葫芦中的灵药虽可以解救天下苍生，却不能治愈自己的病足，看起来似乎是矛盾而吊诡的，深思其义，会发现这是人生中的真情实景。我们很容易帮助别人渡过难关，可是自己遇到难关却总是手足无措。我们站在局外时常可以给人觉醒的灵药，一旦当局者迷，就会陷入闷葫芦中，哪有什么灵药呢？即使是人间最了不起的医生，生病了也要找别的医生诊疗呀！

在这苦难缺憾的人间，每次一想到铁拐李，心里就会感到一阵温暖。我们在人间游行，事无全美，福无双至，人人都是跛了一只脚的人，而觉悟者的最先决条件，便是承认自己的残缺，承担自己的病足。

最令人忧心的人，是自以为完美的人；最令人担忧的社会，是文过饰非的社会。不论人或社会，谁没有一些痛脚呢？怕的是不能相濡以沫、互相提供灵药罢了。

痛苦是伟大的开始

人生遭遇到的痛苦也像这些破报纸和稻草一样，看起来无用，却往往能保护我们的陶器不会破裂，所以，痛苦是伟大的开始，好好来享受我们的痛苦。

今天我讲了很多关于痛苦的事情，这并不表示我自己没有痛苦，我也和大家一样，每天都在面对痛苦，我只是觉得我们应该更坦然地面对自己的痛苦。

《百喻经》里有一个故事说，从前有一个秃头的人为自己的秃头感到十分痛苦，他冬天太冷，夏天为了遮炎又戴假发，结果太热。他告诉朋友说："我秃头得很痛苦，好想自杀算了。"他的朋友说："你不用那么痛苦，我知道离这里二十里外，有一个非常高明的医生，什么疑难杂症都会治，只要你去找他，他一定可以妙手回春，你就不用自杀了。"秃头者听了非常高兴，便徒步走到二十里外去找医生。

当他见到这个名医时，连忙将自己秃头的烦恼一古脑说出来。医生听完他的述说后，便将自己的帽子脱下来，原来医生也是个秃头。医生指着自己的头说："你看到我的头了吗？是不是和你一样？"那个人点点头，医生说："既然我不能医好自己的秃头，又怎么能够医治你的秃头呢？不过，我能忠告你的是：虽然不能治好它，却不要为它烦恼。"

释迦牟尼佛说，这个名医就是诚实无欺，佛也是如此，是真语者，实语者，不妄语者。

我和大家谈了许多痛苦，说不定我比大家还痛苦，但是我可以告诉大家的是：不要被痛苦所左右、为痛苦而烦恼。我自己秃头，我并不烦恼。我也痛苦，但是我也不烦恼，为什么呢？因为我们没有时间烦恼。在痛苦来临时，我常常提醒自己：我没有时间沉溺在痛苦里面，或被痛苦所转，我必须立刻跳出来，因为无常可能很快就到。其次，我告诉自己，现在所有的痛苦都是我理当承受的，所以我无怨地接受它、忏悔、发愿，努力地向前走。经常想到无常、自己的恶业，同时不断地忏悔，就能用更宽广的见解去包容痛苦，因为这个世界上的痛苦并不全然是坏的，有很多好的东西也是痛苦的。

去年，我在香港的百货公司买了一大尊罗汉骑在犀牛上向前冲的陶器，买完之后，售货人员拿了一个很大的箱子，塞了一些碎纸、稻草，然后将陶器放进去，还告诉我东西放在箱子里，即使寄空运也不怕摔破。回到旅馆后，我愈看那箱子愈大，心里开始有点紧张，怕托运会摔坏，于是决定把陶器改装到袋子里，自己提着上飞机。谁知在飞机上走不到几步路，因为袋子实在太大了，一个不留神撞到旁的椅子，只听到"铿"的一声，犀牛的腿断了一只。当时我坐在飞机上，心里非常后悔为什么要把箱子丢掉，这个箱子里的破报纸、稻草对陶器来说，价值是等同的，失去这些东西的保护，陶器破了，也失去了它的价值。

所以，我们要认识到，只要自己的内在有一个最珍贵、最美好的陶器就好了，至于其他的破报纸、稻草都是无关紧要，只不过是用来包围这个陶器，使我们可以安然地将它带到自己要去的地方，到了那个地方，我就会把这些碎纸、稻草丢掉。

人生遭遇到的痛苦也像这些破报纸和稻草一样，看起来无用，却往往能保护我们的陶器不会破裂。所以，痛苦是伟大的开始，好好来享受我们的痛苦，大家一起努力来面对它，坚固地走向菩提之路，希望从此以后不要再痛苦。至于要如何做，日后才不会再痛苦？只有四个字最简单、最有效、最快速，就是："阿弥陀佛。"

断爱近涅槃

涅槃真的不远，如果能在年节时候，少一点怀念，少一点忆旧，少一点追悔，少一点婆婆妈妈，那么穿过峭壁、踩过水势，开阔的天空就在眼前了。

有人说过年是"年关"，年纪愈长，愈觉得过年是一个关卡；它仿佛是两岸峭壁，中间只有一条小小的缝，下面则水流急湍，顺着那岁月的河流往前推移，旧的一年就在那急湍的水势中没顶了。

每当年节一到，我就会忆起幼年过年的种种情景。几乎在廿岁以前，每到冬至一过，便怀着亢奋的心情期待过年，好像一棵嫩绿的青草等待着开花，然后是放假了，一颗心野到天边去，接着是围炉的温暖，鞭炮的响亮，厚厚的一叠压岁钱，和兄弟们吆喝聚赌的喧哗。然而最快乐的是，眼明明地看见自己长大了一岁，那种心情像眼看着自己是就要出巢的乳燕。

过了二十岁以后，过年显著地不同了。会在围炉过后的守夜里，一个人闷闷地饮着烧酒，想起一年来的种种，开始有了人世的挫折，开始面临情感的变异，开始知道了除去快乐，年间还有忧心。有时看到父母赶在除夕前还到处去张罗过年的花用，或者眼看收成不好，农人们还强笑着准备过一个新年，都使我开始知道年也有难过的时候。

过了二十五，过了三十，年岁真是连再重的压岁钱也压不住。过年时节恰正是前尘往事却上心头的时节，开始知道了命运，好像命运已经铺设了许多陷阱，我们只是一步一步地向前走去，有许多喜爱的事，时机一到必须割舍，有许多痛恨的事也会自然消失，走快走慢都无妨，年还是一个接一个来，生命还是一点一滴地在消失。

有时候我会想，为什么在二十岁以前那么期待新的一年来临，而二十岁以后则忧心着旧的岁月一年年消失呢？最后我得到一个结论，在冠礼以前，我们是"去日苦短，来日方长"。成年以后则变成"来日方短，去日苦多"，这是多么不一样的心情呀！

最难消受的还是，不管我的心情如何，挂在墙上的壁钟总是在除夕夜的十二点猛力地摇着钟摆，敲出清亮或者低沉的十二个响声，那样无情，又那样决然。每到过年，我总也想起和钟臂角力的事，希望让它向后转，可是办不到，于是我醉酒，然后痛下决心：一定要把一年当两年用，把二十四小时当四十八小时来用。

想起去年过年，我吃过年夜饭，在书房里走来走去，想找一本书看，不知道为什么随手拿起一本佛经，读到了有情生死流转的过程，其中有一段讲到"渴爱"的，竟与过年的心情冥然相合。它说渴爱有三，一是欲爱，是感官享受的渴求；二是有爱，是生与存的渴求；三是无有爱，是不再存在的渴求。我觉得二十岁以前过年是前两者，二十岁以后是第三者。

那本佛经里当然也讲到"涅槃"，它不用吉祥、善良、安全、清净、皈依、彼岸、和平、宁静来正面说涅槃，而说了一句"断爱近涅槃"。这是何等的境界，一个人能随时随地断绝自己的渴爱，绝处逢生，涅槃自然就在眼前，旧年换新恐怕也是一种断爱吧。

释迦牟尼说法时，曾举了一个譬喻来讲"断爱"。他说："有人在旅行时遇到一片大水，这边岸上充满危机，水的对岸则安全无险，他想：'此水甚大，此岸危机重重，彼岸则无险，无船可渡，无桥可行，我不免采集草木枝叶，自做一筏，当得安登彼岸。'于是那人采集草木枝叶做了一只木筏，靠着木筏，他安然抵达对岸，他就想：'此筏对我大有助益，我不妨将它顶在头上，或负于背上，随我所之。'"

举了这个例子以后，释迦牟尼指出这人的行为是错误的，因为他不能断爱，那么他应该如何处置呢？佛陀说："应该将筏拖到沙滩，或停泊某处，由它浮着，然后继续行程，不问何之。因为筏是用来济渡的，不是用来背负的。世人呀！你们应该明白好的东西尚应舍弃，何况是不好的东西呢？"

由于读了那本佛经，竟使我今年的整个想法都改变了，也使我在最有限的时间内，因为敢于割舍，而有了一些比较可见的成绩。过年何尝不如此？年好年坏都无所谓，有所谓的是要勇于断爱，使我们有情的命身，在新的起始发散最大的光芒。

涅槃真的不远，如果能在年节时候，少一点怀念，少一点忆旧，少一点追悔，少一点婆婆妈妈，那么穿过峭壁、踩过水势，开阔的天空就在眼前了。

第六部分

平常心，观自在

松树只是松树，风只是风，月光只是月光，莲花只是莲花，如是而已。

围炉一束

　　一个人的一生，永远没有愁烦和黑暗时期，是不可能的，每个人在生命中的经验，恰如是潮汐波浪，兴起而又衰落。

　　偶然间得到一本清朝咸丰年间王永彬所著的《围炉夜话》，这本书在坊间并不多见，它的性质和《菜根谭》类似，但比起《菜根谭》的普遍相差甚远。

　　《围炉夜话》，顾名思义有一点像炉边闲话之类，据王永彬在书前的引言说："寒夜围炉，田家妇子之乐也。顾篝灯坐对，或默默然无一言，或嬉嬉然言非所宜言，皆无所谓乐，不将虚此良夜乎？余识字农人也，岁晚务间，家人聚处相与烧榾柮、煨山芋，心有所得，辄述诸口，命儿辈缮写存之，题曰《围炉夜话》。"

　　王永彬自称为识字农人，他的生平也已不可知，但可以看出他是中国传统耕读传家的知识分子，这本书是他晚年的作品，也可能是他生平留下的唯一著作。因此，《围炉夜话》乃不是知识的传递，而是生活智慧的累积，其中有很多具启示性的见解，我觉得颇堪作为修身养性的格言，在这里选录一束，并加上一些简短的说明：

> 稳当话，却是平常话，所以听稳当话者不多。
> 本分人，即是快活人，无奈做本分人者甚少。

　　一个人必须平常，才会稳当，也必须守本分，才会快活。当然，在这个社会上，由于浮夸成风、肤浅成性，说稳当话的人不一定能得到立即的成功，只守住自己本分的人也可能不会有辉煌的日子，可是不管社会怎么变，真正能在生活里得到快乐，不致被虚华所迷惑的，永远是那些安常守分的人。

> 风俗日趋于奢淫，靡所底止，安得有敦古朴之君子，
> 力挽江河？
> 人心日丧其廉耻，渐至消亡，安得有讲名节之大人，
> 光争日月？

　　打开报纸的社会版，是现代人每天最心惊的经验，才短短没有几年的时间，台湾社会已经沦落到可怕的地步，社会风气的败坏已不仅在都市，连最偏远的乡间也习染恶习，许多人为了奢侈淫逸，断丧了廉耻，都已经到最谷底了。处在这样的风俗人心里面，

人人都期待有大人君子出来挽救，我们的大人君子夜晚扪心能不警惕？而我们的青年，有多少人立志做挽江河、争日月的人呢？

存科名之心者，未必有琴书之乐。

讲性命之学者，不可无经济之才。

在中国传统里，知识分子大部分都以追求通识为理想，而不使自己成为只知一行的狭隘专才。但是也在一些文人，心存科名，使他们不能知道生活真正的品味与快乐；而另外一些讲性命之学的文人，往往不务正业，或无经济之才而依附于社会。这些都不是中道，所以做一个存科名、讲性命的知识分子，也要是会生活、能实践的人才好。此所以"看书须放开眼孔，做人要立定脚跟"。

气性不和平，则文章事功，俱无足取。

语言多矫饰，则人品心术，尽属可疑。

时常有人问我写文章的方法，好像写文章这件事是多么重要，其实就一篇作品而言，写文章只是最末的一个枝节，培养一个大的和平的性灵世界，文章才是有可为的，否则千思万想也写不出好文章。因为文章与语言一样，是人心灵世界的流露，如果没有正思维、正知见的性灵，不论文章语言多么着力，都是矫饰罢了。这本书里又说："有真性情，须有真涵养。有大识见，乃有大文章。"也是这个道理。

观朱霞，悟其明丽；观白云，悟其卷舒；观山岳，悟其灵奇；观河海，悟其浩瀚；则俯仰间皆文章也。

对绿竹，得其虚心；对黄花，得其晚节；对松柏，得其本性；对芝兰，得其幽芳；则游览处皆师友也。

在我们生活的周遭，几乎没有一件事物是没有意义的，只是由于我们的心灵粗糙，很难在事物中找到意义，或在生活里找到智慧，因此，要提升我们对生活的观照与慧解，重要的不是去改变生活的内容，而是改造心灵与外物的对应，能与外在世界对应的人，则一株草、一点露，乃至雪月风花，无一不是智慧的启发。这本书里还说："莲朝开而暮合，至不能合，则将落矣，富贵而无收敛意者，尚其鉴之。草春荣而冬枯，至于极枯，则又生矣，困穷而有振兴志者，亦如是也。"这不正是从小草和莲花所体会的智慧吗？

愁烦中具潇洒襟怀，满抱皆春风和气。

暗昧处见光明世界，此心即白日青天。

一个人的一生，永远没有愁烦和黑暗时期，是不可能的，每个人在生命中的经验，恰如是潮汐波浪，兴起而又衰落。大部分人总是善于处在快乐和光明的时刻，而不善于愁烦与黑暗的时刻，甚至有许多一落入愁烦就崩溃、一堕入黑暗就失去光明的心，所以在胸襟上有开阔的气概，在心性上有追求光明的坚持，是多么的必要！这本书里还说："心静则明，水止乃能照物。品超斯远，云飞而不碍空。""淡如秋水贫中味，和若春风静后功。"都是在说明心的明净和品格的高洁，比一个人所经历的考验重要得多。

意趣清高，利禄不能动也。

志量远大，富贵不能淫也。

比起古代来，现代人受教育的机会很多，可悲的是，道德与教育似乎并不相关，许多高等知识分子，常为了小小的利禄而丧心败节，更不用说大富贵了，很少人能不为之目眩神摇的。所以，意趣与志量似乎比教育有力量，一个人有清高的意趣，则安贫乐道，利禄于我何有哉？有远大的志量，则胸怀天下，富贵于我如浮云！如何才能意趣清高、志向远大呢？《围炉夜话》里说："教子弟于幼时，便当有正大光明气象。检身心于平日，不可无忧勤惕厉工夫。"

家纵贫寒，也须留读书种子。

人虽富贵，不可忘稼穑艰辛。

台湾有一句俗语说："有钱不会超过三代。"那是因为富贵人家的子弟，很容易忘记财富来之不易，而失去了奋斗精神，最后，他们的富贵就会转到有奋斗精神的人家。

中国有一个传统，就是农业社会的"耕读传家"，因为光是耕，容易使人失去胸怀与志向；而光是读，容易使人忘失性命之学与经济之才。唯有耕读，才能进可攻，退可守，处贫寒之际也有远大的目光。

> 人犯一苟字，便不能振。
> 人犯一俗字，便不可医。

苟且偷安的人，不可能振起什么壮志雄心，所以行事为人不能苟且地过日子，才能洗心革面、贡献社会。但是，一丝不苟的人常会沦于俗气，什么病都可以医治，唯有俗病是无可救药的，所以在不苟且中间须有雅致，否则便容易成为俗人。

不苟且、不俗气，是现代生活的两脚，不苟且的人才能立定脚跟，不俗气的人才能放怀天下。

努力打开执着的瓶塞

> 一个刚开始在修行的人就像一块黑布，不管倒了多少墨汁上去，都看不出来，而修行逐渐清净的人，就像一块白布，只要沾上一滴墨汁，便非常醒目。

除了瓶子太满、向外追求、有企图心这三点外，更严重的是有一个瓶塞把我们塞住了，这个瓶塞就是执着。经典里说执着就是有分别相、人我相、众生相、寿者相，也就是说有别人和自己、菩萨和众生，以及寿命的分别。我们经常喜欢把这个世界上的许多东西归为自己的，因为如此，使得自己感到非常痛苦，担忧东西会不会被偷，东西在手上令我担忧，失去后又令我心碎，这些都是执着所造成的痛苦。

多年前，我在《中国时报》服务，一个月领四千块的薪水，我每天省吃俭用，想存一笔钱娶老婆或做很多事。终于有一天，我存到了二十万零一千块，当天晚上我看着存折，心里充满了喜悦，我收起了存折不到一会儿，有一个朋友紧急地跑来找我，对我说他现在有一个难关要渡，正好缺二十万，问我能不能借钱给他。我这个人最大的缺点就是心肠太软，听完他的痛苦后，马上答应把二十万借给他，他也向我保证四个月之内一定将钱还我。接下来四个月，我心想他不会那么快就还钱，活得很自在。可是从四个月后的第一天开始，我就变得很紧张，不知道二十万要不要得回来，经常被噩梦惊醒，自己也不好意思去讨钱，只能把痛苦放在心里。这样子过了一年，我心想这笔钱大概要不回来了，便又自在起来，我想这二十万也许不是我的，而是我朋友的，不然他怎么如此神通，知道我正好有二十万？我之所以舍不得，因为我常常把这二十万当成自己的，才会痛苦不堪，现在他拿去用，换成他为了还不出钱而痛苦。当我把痛苦丢走后，就不再痛苦了。这一念之间的开悟，使我把担子放下来，轻松了好久。

两年后，有一天，这个朋友又来找我，告诉我他来还钱，除了二十万，他还算给我利息，我欣喜之余，直觉得这笔钱是从天上掉下来。当天晚上，我拿了这笔钱去买了一部拉风的跑车，每天开车时都很感恩，觉得这二十万是菩萨赐给我。几年后，我撞车受伤了，心里便想：如果我的朋友不还我二十万，我就不会撞车，更不会受伤。所以，因缘是非常奇妙的，当你把东西视为自己的，感觉非常痛苦，而东西被别人拿去，你却依然认为是自己的，就更痛苦。拿了你东西的人认为这个东西是你的，他也会痛苦。因此，执着可以说是生命痛苦之源。

除了金钱之外，我们会对情欲、亲情、友情、珠宝等等执着。为什么会执着，因为认为东西是自己的，或者还不是自己的，却想拥有它。有一天，我们去逛街，看上一件衣服，可是又觉得太贵，回家后，心里很痛苦，第二天下定决心，不管多贵都要买，去的时候却发现衣服已经被买走了，顿时又会后悔痛苦。换成我反而会很高兴："啊！幸好昨天没买，终于被买走了。"跟着放下心里的负担，真好！

　　情欲也是一样，男女在谈恋爱时为什么会那么痛苦？因为认定对方是自己的。可是你有什么资格说他是你的？他是他，绝不是你的，就因为你认为他是你的，所以在他离去时会变得很痛苦。

　　我们要把瓶子放空，得到内在和反观及一切无为无求。最重要就是把瓶塞打开，也就是去除执着，让自我的空气流出来，别人的空气流进来，让自己的心性透过瓶盖进入法界，也让法界的动静流进我的内在世界。我们刚开始学佛时，常觉得我是我，菩萨是菩萨，可是经典里却说，当我们的内在升起一个念头时，在虚空中的佛和菩萨听来就像天边的响雷一样，为什么？因为佛菩萨不仅打开了瓶盖，而且粉碎了宝瓶，有一个很纯净的空性。我们之所以无法和法界交通，不知道自己的念头在佛菩萨的耳里像天边的响雷那么大声，就是因为我们的盖子没有打开。当我们开始学佛道，感受到内心逐渐清净，走在路上突然听到有人讲脏话，感觉就如同天边的响雷一样，为什么？因为我们身心清净，而脏话突然污染了我们的心。此时，我们就可以感受到自己已经打开的喜悦和光明。

　　经典里记载说，一个刚开始在修行的人就像一块黑布，不管倒了多少墨汁上去，都看不出来；而修行逐渐清净的人，就像一块白布，只要沾上一滴墨汁，便非常醒目。所以我们读经典时，会看到经上写着：佛要说法时，大地会震动，天雨曼陀罗花。在我们的感觉中，这似乎是神话，其实不然，只因为法性是法性，你是你，而且没有打开瓶盖，所以你不能感受到大地震动及满天飘洒的莲花香。有一天，你打开自己的瓶盖，能够感受到经典上的记载，就知道佛没有妄语。

当我们认识到自己是一个宝瓶时，就要努力地使自己执着的盖子打开，以进入法界，同时让法界进入我的世界。释迦牟尼佛曾在《楞严经》里向阿难讲过一个关于宝瓶的譬喻。他说，有一个人拿着一个塞住的宝瓶到千里之外，希望把宝瓶里面的空气分给别人享受。当这一个瓶子在这国塞住却到另一国才打开时，瓶子里的空性已非原来的空性，而是融合了两边的空性，如果瓶盖不打开，那么里面的空性仍是原来这一国的。

为什么佛陀说将盖子打开后，便不是这国或那国的空呢？如果它是本地的空，当你贮空而去，本地的空应该少一块，事实上并不然。其次，如果它是另一国的空，那么开瓶时，你应该会看到空流出来，然而你却看不到，为什么呢？因为一切意识都是虚妄的，我们认为它是实有的，乃在于我们被一个瓶盖所盖住。我们在家里念佛打坐时，念头总是起起落落，念头之多，在经典里也提到过，一个小时六十分钟，一分钟六十秒，一秒钟六十个刹那，一个刹那里有很多的念头，这么多的念头哪一个才是真实的？没有一个是真实的。

如果我们将盖子打开，跟外面的世界就可以浑然一片，那么我们的执着也就没有意义。也就是说，当我们把宝瓶的盖子打开后，将瓶子放到西方净土，它就与西方净土融为一体；放到人间净土，瓶子的空就和西方净土的空混在一起；拿到鬼道去，它就和鬼道混在一起……这就是随顺众生。

最重要的神通

可叹的是，我们追求生命更高的境界已经形成根深蒂固的欲求，生命本质里的奥妙，在轻忽中，早就失去了。

也许是这几年我有一点名气的关系，常常有一些修行很好的人来找我，也有几位号称是有神通变化的。

他们来找我，有的人是基于善意，希望我接受他们的指导，以便迈入更高的神通境界；有的人并不是那么友善，而是"想当然尔"地要来和我比试功夫。

我总是坦然以告，我真的什么"功夫"也没有，而且也并不想进入什么更深的境界。

他们免不了要失望而回了，有的临走之前还反问我："那么你究竟是怎么修行的？名气怎么会这么大呢？"

我哑然而笑，原来这号称"神通"的人对"名气"还有所介怀呀。我说："严格说起来，我有三样自己觉得很了不起的神通。""是什么？"他焦急地问。

我说："从小到大，我每一餐饭都吃得下，每一个晚上都睡得着，每一次想要写文章，都写得出来。"

他听了，眉头一皱，摇摇头离开了，不知道是否不解其意，或是觉得这"神通"太卑微了。

由于童年时代开始，生活艰困，我总觉得只要有饭吃就很好了，能吃饱，那就更好了。因此，在我成长的过程中，我从不挑剔食物。有人把我奉为上宾，请我吃大餐，我会欢喜地承受；平常时候，一块饼、一碗粥、一个馒头，我也欢喜地承受。心情好的时候，固然欢喜地吃饭；心情不好的时候，用心地吃一顿饭，吃完饭后，心情也就好了。

每一餐饭都吃得下，其实不简单；每一个晚上都睡得着，更不简单。但只要平常不做亏心的事，宁可被人背弃，也不辜负别人；心里没有挂碍，既不挂怀昨日的忧伤，也不挂虑未来的遭遇；每天全心全意地生活，承担人生所必需的责任——到了晚上高枕无忧，自然会夜夜好眠了。

每天都能像涌泉地把文章写出来，也不是简单的事吧。那是把生命中的任何一件事都当成最有价值的事所带来的结果，如果深信"喝茶吃饭，挑水搬柴，无不是道"，则天下就无处不可写文章了。

从来没听过厨师烧不出菜来，也从未听过农人种不出作物，那是因为他们有高度的敬业精神。作为一个作家，假若有庄严的心，就能每天都写出作品呀。

这是我最主要的三个神通，"神明通达，无所挂碍，即是神通"。每餐吃得下，每晚睡得着，每天写得出文章，说给一般人听，小智的人笑倒在地，中智的人皱眉而去，唯有大智的人才能会心一笑。

　　每个人在生活中都有许多这样的神通，在生命的过处也到处都有着不可思议的奇迹。鸟会飞，花会开，蜜蜂会采蜜，每一棵树都充满美丽的姿态，每一条河都会永远向前流——请告诉我，什么不是神通和奇迹呢?

　　可叹的是，我们追求生命更高的境界已经形成根深蒂固的欲求，生命本质里的奥妙，在轻忽中，早就失去了。

独乐与独醒

从前，我们在有友谊的地方得到心的明净，得到抚慰与关怀，得到智慧与安宁。现在有许多时候，"朋友"反而使我们混浊、冷漠、失落、愚痴与不安。

人生的朋友大致可以分成四种类型，一种是在欢乐的时候不会想到我们，只在痛苦无助的时候才来找我们分担。这样的朋友往往也最不能分担别人的痛苦，只愿别人都带给他欢乐。他把痛苦都倾泻给别人，自己却很快地忘掉。

一种是他只在快乐的时候才找朋友，却把痛苦独自埋藏在内心，这样的朋友通常能善解别人的痛苦，当我们丢掉痛苦时，他却接住它。

一种是不管在什么时刻什么心情都需要别人共享，认为独乐乐不如众乐乐，独悲哀不如众悲哀，恋爱时急着向全世界的朋友宣告，失恋的时候也要立即敬告诸亲友。他永远有同行者，但他也很好奇好事,总希望朋友像他一样,把一切最私密的事对他倾诉。

还有一种朋友,他不会特别与人亲近,他有自己独特的生活方式,独自快乐、独自清醒,他胸怀广大、思虑细腻、品味优越,带着一些无法测知的神秘。他们做朋友最大的益处是善于聆听,像大海一样可以容受别人欢乐或苦痛的泻注,但自己不动不摇,由于他知道解决问题的关键,因此对别人的快乐鼓励,对苦痛伸出援手。

用水来做比喻,第一种是"河流型",他们把一切自己制造的垃圾都流向大海。第二种是"池塘型",他们善于收藏别人和自己的苦痛。第三种是"波浪型",他们总是一波一波打上岸来,永远没有静止的时刻。第四种是"大海型",他们接纳百川,但不失自我。

当然,把朋友做这样的划分不是绝对的,因为朋友有千百种面目,这只是大致的类型罢了。

我们到底要交什么样的朋友?或者说,我们希望自己变成什么样的朋友?

卡莱尔·纪伯伦在《友谊》里有这样的两段话:

你的朋友是来回应你的需要的,他是你的田园,你以爱心播种,以感恩的心收成。他是你的餐桌和壁灯,因为你饥饿时去找他,又为求安宁寻他。

把你最好的给你的朋友,如果他一定要知道你的低潮,也让他知道你的高潮吧。如果只是为了消磨时间才找你的朋友，又有什么意思呢？找他共享生命吧！因为他满足你的需要，而不是填满你的空虚，让友谊的甜蜜中有欢笑和分享的快乐吧！因为心灵在琐事的露珠中，找到了它的清晨而变得清爽。

在农业社会时代，友谊是单纯的，因为其中比较少有利害关系；在少年时代，友谊也是纯粹的，因为多的是心灵与精神的联系，很少有欲望的纠葛。

工业社会的中年人，友谊常成为复杂的纠缠，朋友一词也浮滥了，我们很难和一个人在海岸散步，互相倾听心灵；难得和一个人在茶屋里，谈一些纯粹的事物了。朋友成为群体一般，要在啤酒屋里大杯灌酒；在饭店里大口吃肉一起吆喝；甚至在卡拉 OK 这种黑暗的地方，对唱着浮滥的心声。

从前，我们在有友谊的地方得到心的明净，得到抚慰与关怀，得到智慧与安宁。现在有许多时候，"朋友"反而使我们混浊、冷漠、失落、愚痴与不安。现代人在烦闷压迫匆忙的生活里，已经失落了从前对友谊的注视，大部分现代人都成为"河流型""池塘型""波浪型"的格局，要找有大海胸襟的人就很少了。

在现代社会，独乐与独醒就变得十分重要，所谓"独乐"，是一个人独处时也能欢喜，有心灵与生命的充实，就是一下午静静坐着，也能安然；所谓"独醒"，是不为众乐所迷惑，众人都认为应该过的生活方式，往往不一定适合我们，那么，何不独自醒着呢？

只有我们能独乐独醒，我们才能成为大海型的人，在河流冲来的时候、在池塘满水的时候、在波浪推过的时候，我们都能包容，并且不损及自身的清净。纪伯伦如是说：

　　　　你和朋友分手时，不要悲伤，因为你最爱的那些美质，他离开你时，你会觉得更明显，就好像爬山的人在平地上遥望高山，那山显得更清晰。

直心真实，菩提道场

人法双净，

善恶两忘；

直心真实，

菩提道场。

——牛头慧忠禅师

从前，有三个旅行者来到一座山下，远远看到山顶上站着一个人。

其中一个说："他也许是走失了心爱的动物，正在寻找。"

另一个说："不是，他也许是在寻找他的朋友，否则不会孤单地站在那里。"

第三个说："你们都错了，他站在山顶上，只是为了呼吸新鲜空气而已。"

这三个旅行者因此开始争论，各自举出许多理由，却都不能说服对方。三个人都同意一起去问那站在山顶的人，让他自己说明为什么要独自站在山上。旅行者为了寻找答案，艰苦地爬上山顶。

第一个问说："你站在山顶上，是不是因为走失了心爱的动物？"

山顶上的人回答说："不是，我没有走失心爱的动物。"

第二个说："你是不是在找你的朋友呢？"

山顶上的人回答说："不是的，我不是在找我的朋友。"

第三个问说："你是不是在呼吸新鲜空气呢？"

山顶上的人回答说："不是的，我不是在呼吸新鲜空气。"

"那么，"三个旅行者忍不住异口同声地说，"既然都不是，那你究竟在这里干什么呢？"

山顶上的人看着三位焦急的旅行者，笑了起来说："我只是在这里站着！"

我们生活在转动的世界里，对外面的追求已经成为习惯，对不断的变迁流动习以为常，总认为一切事物、一切举止都是有所企图、有所渴望的。前面这个故事就是在说明，真实的禅不是因图谋渴望而得到的，而是一种单纯的承担、一种当下的精神。

这正是黄檗禅师说的："终日不离一切事，不被诸境惑，方名自在人。"当我们说"我要这个、我要那个"的时候，我们就无法拥有真正的自我；当我们说"我在这里、我在那里"的时候，我们就无法放下执着，得到自在。

对于在山顶上只是站着的人，使我想到一朵开在山顶的花，它开的时候是多么充满承担的欢喜，它落下的时候又是多么充满放下的镇静呀！人之所以在生时承受喜怒的燃烧，在死时纠葛着忧伤、不安与悔恨，那是由于无法体验"我只是在这里站着"那样的承担！

在结满松果的松树下，我们要怎么样问：叶是松树？果是松树？或是根须是松树？

在看到风吹过林梢时，我们要怎么样问：风从哪里来？往哪里去？下一片要吹的叶子是哪一片？

在月光照耀下的田野，我们要怎么样问：月的光是月？月的圆是月？或是月的温柔才是月？

在闻到莲花清芬的香，我们要怎么样问：叶是莲花？花是莲花？还是香的才是莲花？

呀！松树只是松树，风只是风，月光只是月光，莲花只是莲花，如是而已。

满目青山

通玄峰顶，

不是人间；

以外无法，

满目青山。

——天台德韶禅师

我们现在用来勉励别人的"百尺竿头，更进一步"这句话语出禅宗，原来是充满矛盾的，我们爬上了百尺的竹竿之顶，再也无可攀缘，哪里还能更进一步呢？

百尺竿头典出于长沙景岑禅师的偈子：

百尺竿头不动人，

虽然得入未为真；

百尺竿头须进步，

十方世界是全身。

这首偈后来成为禅的公案之一，常有禅师问弟子说："百尺竿头如何进步？"若能勘破百尺竿头，就能得悟，茶陵郁山主就是由这公案得悟的。

百尺竿头是最顶点了，怎么进步呢？有人认为必须"飞跃"，其实不然，如果我们能体会弥勒菩萨的诗，就能有新的开启：

手把青苗插满田，

低头便见水中天；

六根清净方为道，

退步原来是向前。

这是多么动人的见地，把禅者喻为是插秧的农人，他们低头工作正好看见水中的蓝天，而在退后插秧时，后退正是向前呀！因此，百尺竿头的进步，不在于能往上飞跃（因为无处可跃），而在于打破百尺竹竿的执着，心中没有了竿头，怎么还有百尺的局限呢？这种观点，宋代的怀深和尚曾写过一首《退步偈》：

万事无如退步人，

孤云野鹤自由身；

松风十里时来往，

笑揖峰头月一轮。

禅心是一种和谐无争、无我无他的状态，它不是一种紧张特立的态度，而是平常轻松的生活，若能连进退的执着都能打破，禅心自然现起。那么，到底如何打破百尺竿头呢？我们用六祖慧能两首有名的偈来看，神秀在五祖传衣钵时曾写了一首偈：

身是菩提树，心如明镜台；
时时勤拂拭，莫使有尘埃。

大家看了大为佩服，觉得是悟道的极致，其实只是百尺竿头，当慧能诵成了：

菩提本无树，明镜亦非台；
本来无一物，何处惹尘埃。

这才是在绝路里飞翔，乃因为他打破百尺的拘限。还有一次，卧轮禅师去求见慧能，说出自己的悟道之偈：

卧轮有伎俩，能断百思想；
对境心不起，菩提日日长。

闻者无不动容，认为这已爬到百尺竿头了，但是，六祖回答说：

慧能没伎俩，不断百思想；

对境心数起，菩提作么长！

这正是打断竿头，更进一步，使我们知道禅者有着最积极与有活力的人生态度，但同时他们的心性平和，富于弹性，不执着于世间事物，因此就不受世间的折磨，也由于他们不受外境干扰，能像苍鹰一样振翅翱翔，而且苍鹰也有敛翅低飞的时候，他在该高的地方高，在应低的时候低，否则，僵在百尺竿头，一来远离了生活，二来日久必会疲累而坠落。

了解百尺竿头须进步，再来看天台德韶禅师的偈就更能有所会心，"通玄峰顶"到底在哪里呢？一个人如果心里有通玄的峰顶，就会青山满目了呀！

净土之风

佛陀的美丽新世界到处都有，那浮在莲花瓣的露水，一指即划开土地的新笋，为阳光转动头部的野花，万里飞翔不迷途的候鸟，无心出岫的云，清澈温柔的水……

不知道是怎么飞来的，也不知道是何时飞来的，阳台的砖缝长出了一棵番茄树。

在这无土无水的都市阳台，长出一棵番茄树使我讶异，但更令我惊奇的是，这番茄树竟在深秋长出了红艳艳的果实。

番茄树的种子如果有选择，应该会选择那些土地肥沃的田园吧！它是偶然落在阳台，完全不是它选择的。

不能选择土地的不只是番茄的种子，荒冢的马樱丹、溪畔的银合欢，杂生在山坡的营芒、莲蕉，或紫丁香呀！它们也都是飘然地飞来，偶然地生成。

植物种子的飞翔是没有自己决定的力量的，它们努力地生长，到成熟具足的时候，等待着风力或者鸟兽，带着它们起飞，去更远的地方，它们唯一要有的信念就是生长，即使落在最贫瘠的阳台上，也要结出成熟具足的果实。

落在何处，就以最美的状态在何处生长、开花、结果。

从一个大的视景看起来，人的心也渺小如植物的种子，我们当然有"往生"更好的土地的心愿，可是需要等待一种风，让我们与流云飞翔，在远地开花。

我时常在想，我们往生净土就是那样的，我们就以现在的样子去，不必刻意地梳妆打扮，我们只要使自己的种子成熟具足，并信任风就好了。

对净土法门不能深信的人，往往难以触摸、难以体验净土是真实的存在，可是这世界的事物何处是真实的存在呢？甚至连我们身边的文明与历史，只有我们肯相信的才是真的。你相信台北的信义区从前都是树林与稻田吗？你相信台北火车站正对面以前是瓦房吗？

时间的实相并没有坐标，空间的实相也没有坐标，以我们为坐标，相信的，才是真的。

我相信阿弥陀佛是真的。

无须等待临终，因为每天的夜晚都是临终，我的喜悦不分昼夜，我的信心又分什么临终呢？阿弥陀佛一定会好好安排我们的，我只懂得相信与持念，让喜悦的莲花开着。

铃木大拙写过一本《念佛人》，其中有一段深深撞击着我：

不是我念佛，

是佛来碰撞我的心。

南无阿弥陀佛。

我想象着一粒番茄的种子，因为对风的信心，因为圆满成熟，所以在贫瘠之地也开花结果，这番茄如果落在肥沃的土地，也如是开花结果。对净土法门有信心的人，不管是投生在红尘滚滚的人间或黄金铺地的净土，必也是那样一如一味，感恩于浮世的，必欢欣于净土。

我是学佛数年后才契入净土法门的，我也常常鼓励年轻人念佛，那是因为体会到人间已经如此繁杂，需要一个绝对纯粹简易的法门，让我们活着心安，死时安心。我虽宣扬净土法门，但对净土是基于信心与体验，并没有研究，所以每次廖阅鹏兄对我谈起净土研究的种种心得，总使我动容赞叹，更坚定我对西方极乐世界的信心。

阅鹏兄那些关于净土的慧见深思不能普为众生共知，常使我感到十分遗憾。如今，他把多年来的净土研究辑为《佛陀的美丽新世界》一书，使这遗憾一扫而空，相信不曾修习净土法门的人，读了这本书将会断疑生信；已经修习净土法门的人，则会坚定信念，一往无悔。

其实，佛陀的美丽新世界到处都有，那浮在莲花瓣的露水，一指即划开土地的新笋，为阳光转动头部的野花，万里飞翔不迷途的候鸟，无心出岫的云，清澈温柔的水……人间里，何处不是弥陀的声音与显现呢？

青青翠竹，皆是法身，南无阿弥陀佛。

郁郁黄花，无非般若，南无阿弥陀佛。

读完阅鹏兄的《佛陀的美丽新世界》，再回来看人间的美丽新世界，就会看见世界的光明与飞跃。

不论阳光，或是黑暗；不论人间，或者净土，只要有六字在心，就会光明无畏。

让一般人摸索口袋，寻找更多的钞票、权势与名位吧！我们不必摸索，我们的怀中有最尊贵的阿弥陀佛。

我在贫瘠的土地依然生长、开花，是为了让种子成熟具足，等待来自净土的风，凌空一跃。

呀！南无阿弥陀佛。